書下ろし

涙絵馬

深川鞘番所⑧

吉田雄亮

祥伝社文庫

目次

深川繪圖

㊀ 深川大番屋（鞘番所）
㊁ 靈嚴寺
㊂ 法苑山 浄心寺
㊃ 外記殿堀（外記堀）
㊄ 三櫓
㊅ 摩利支天横丁
㊆ 馬場通
㊇ 大栄山金剛神院 永代寺
㊈ 富岡八幡宮
㊉ 土橋
⑪ 三十三間堂
⑫ 洲崎弁天

い 万年橋
ろ 高橋
は 新高橋
に 上ノ橋
ほ 海辺橋（正覚寺橋）
へ 亀久橋
と 要橋
ち 青海橋
り 永代橋
ぬ 蓬萊橋

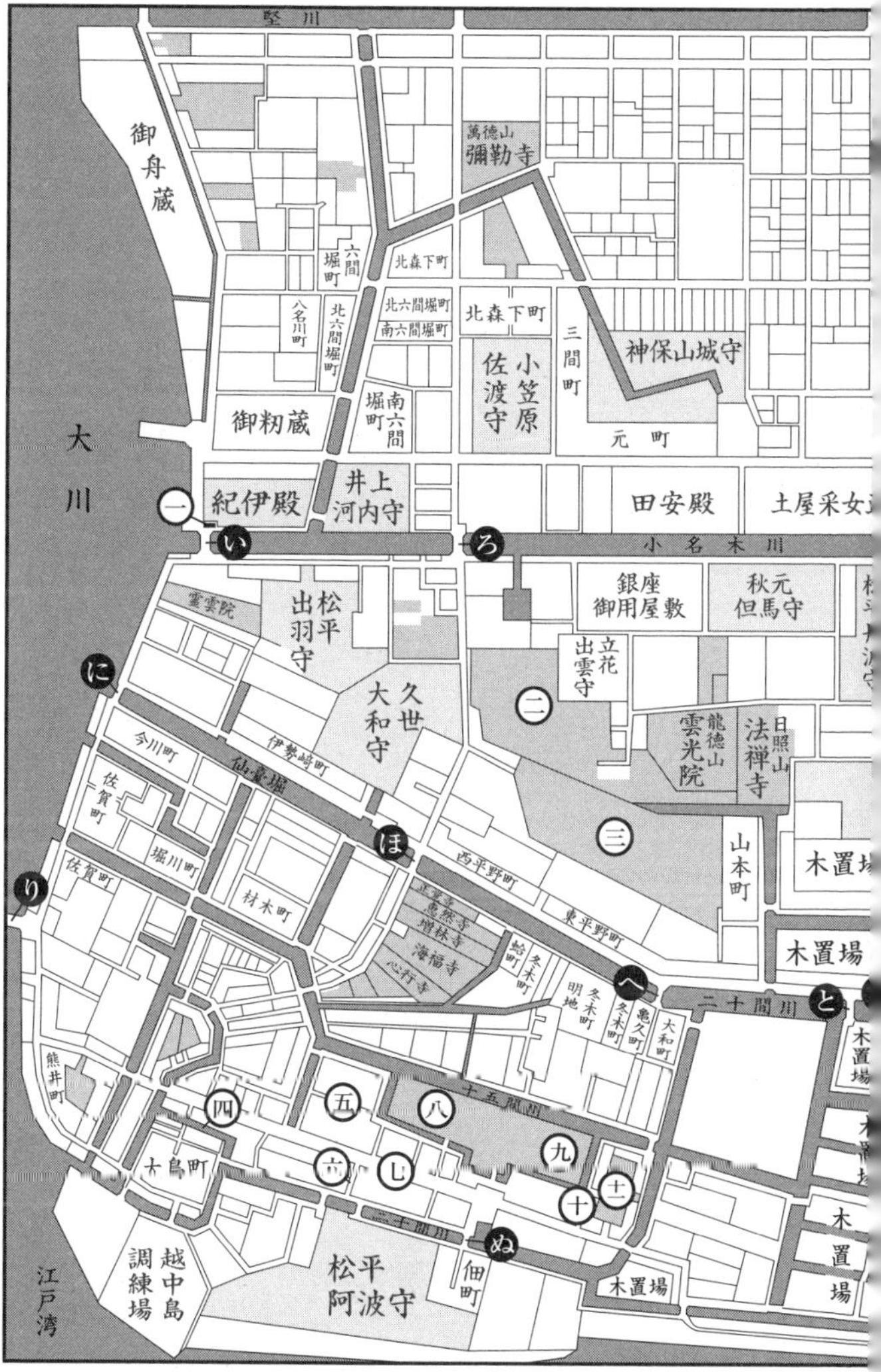

竪川
御舟蔵
萬徳山
彌勒寺
六間堀町
北森下町
北六間堀町
南六間堀町
北森下町
八名川町
北六間堀町
三間町
神保山城守
小笠原佐渡守
南六間堀町
御籾蔵
元町
大川
井上河内守
紀伊殿
田安殿
土屋采女
小名木川
銀座御用屋敷
秋元但馬守
霊雲院
松平出羽守
立花出雲守
久世大和守
龍徳山雲光院
日照山法禅寺
今川町
伊勢崎町
仙台堀
佐賀町
堀川町
西平野町
山本町
木置場
佐賀町
材木町
東平野町
正覚寺
恵然寺
増林寺
海福寺
心行寺
蛤町
冬木町
木置場
明地
冬木町
冬木町
亀久町
大和町
二十間川
木置場
熊井町
十五間川
大島町
二十間川
越中島調練場
松平阿波守
佃町
木置場
木置場
江戸湾

本文地図作製　上野匠（三潮社）

一章　月下血風《げっかけっぷう》

一

夜気が震えている。

土饅頭《どまんじゅう》にも似た塊《かたまり》が、あちこちに黒い影を浮かせていた。縮緬《ちりめん》のような襞々《ひだひだ》が、塊を取り囲んで広がっている。

時折、強く吹きつける風が縮緬の形を乱しては、変えていった。

そのたびに、何か硬いものでも触れ合うのか諸方から、ぎしぎし、とこすれあい、きしみあうような、湿り気を帯びた、くぐもった音が聞こえてくる。

大地の奥底から、噴《ふ》き上げてくる轟音が、間断なく響いてくる。地表を揺るがすその音は、江戸湾の沖合から洲崎《すさき》の浜に押し寄せる荒波のどよめきであった。

塊は浮島さながらに貯木池に点在する木置場であり、吹く風に細かく形をうつろわせる襞々は波紋、ぶつかりあって、きしみ音を発するのは、浮かぶ無数の丸太の為《な》せることだった。

空には、重さに耐えかねた黒雲が、いまにも甍《いらか》に触れんばかりに垂れ籠めている。その黒雲を下から照らしだす、ほのかな灯《あか》りがあった。それは長四角の束《たば》となって、何ヶ所かから立ちのぼっている。緋色《ひいろ》の筋がまじっていた。茶屋や居酒屋の赤提《ちょう》灯《ちん》の名残なのかもしれない。

灯りは、深川に点在する櫓下《やぐらした》や裾継《すそつぎ》、土橋、鶩《あひる》などの岡場所に点《とも》る、軒行灯《あんどん》や茶屋の宴の座敷に映える灯火が、朧《おぼろ》な光の帯と化して、天空へのびているものとおもえた。

ほのかな光の矢の群落を背景に、長細い光が、貯木池の河岸《かし》道を、細かく震えながら鉤《かぎ》型に右へ曲がって、少しずつ大きさを増してくる。

長細い光とみえたものは、提灯であった。

駕籠《かご》の轅《ながえ》の先端にくくりつけられた駕籠屋の箱提灯が、揺れながら近づいてくるのだ。

突然……。

町家の蔭から一陣の風が巻き上がった。

間髪《かんはつ》を容《い》れず、箱提灯が斜めに切り裂かれる。箱提灯の蠟燭《ろうそく》の灯りに、鈍色《にびいろ》の光の筋が浮かび、消えた。

断末魔《だんまつま》の絶叫が、ふたつ、相次いで上がった。

虚空をつかみ、のけぞった駕籠舁《かき》ふたりが転倒した。

横倒しになった、町の分限者《ぶげん》がよく利用する法仙寺《ほうせんじ》駕籠から、乗っていた男が這《は》い出た。値《ね》のはりそうな羽織をまとっている。大店《おおだな》の主人とおもえた。

四十そこそことみえる主人風の男は、立ち上がり、転がるように逃げ出した。足がもつれている。

その背後で、大気を切り裂いて、風音が唸《うな》った。

大きく呻《うめ》いて、がくり、と揺らいだ男が、そのまま数歩、よろめきながらすすんだ。

前のめりに倒れる。

男の躰《からだ》が地に伏すことはなかった。そのまま、吸い込まれるように倒れ込んでいく。

派手な水音があがった。

水飛沫《しぶき》が飛び散る。

貯木池に幾重にも波紋が広がった。その輪は次第に大きくなり、やがて、もとの縮緬模様にもどっていった。

なぜか男の骸《むくろ》は浮き上がってこなかった。

大刀を鞘《さや》に納める音が高々と鳴った。

足音が次第に遠ざかっていく。

そこには、燃え上がる提灯と横倒しになった法仙寺駕籠、ふたりの駕籠舁の骸が転がっているだけだった。

何事もなかったかのように江戸湾からの荒くれた風が、貯木池の水面《みなも》を揺らして、吹き渡っている。


昨夜の暗雲が嘘のように吹き払われて、雲ひとつない青空が広がっていた。

が、貯木池には冷えた強風が吹き抜け、たおやかな冬の陽差しがくれる、ほのかな温《ぬく》みを奪い去っていた。

河岸道に人だかりがしている。寒いのか、それぞれが袖《そで》に手を入れ、躰を縮こまらせていた。それでも立ち去る者は、ひとりとしていなかった。物見高い江戸ッ子の面目躍如といったところか。

番太郎や小者たちが、なかに入らぬよう野次馬たちを捌《さば》いている。

輪のなかには、横倒しになった法仙寺駕籠と笠と柄《え》の部分だけを残して焼けつくした箱提灯、ふたりの駕籠舁の骸が転がっていた。

駕籠舁のひとりの傍《かたわ》らで、膝《ひざ》を折って骸をあらためているのは、北町奉行所与力にして深川大番屋支配の大滝錬蔵《おおたきれんぞう》であった。錬蔵の脇で、下っ引きの竹屋の安次郎《やすじろう》が骸をのぞきこんでいる。安次郎は、以前、竹屋五調《ごちょう》の源氏名で宴席に出ていた、毒舌が売り物の売れっ子男芸者であった。その名残か、いまでも深川の芸者衆には竹屋の太夫《たゆう》と呼ばれることが多かった。

「ふたりとも一太刀で仕留めている。この辻斬り、並みの腕じゃねえ」

声をあげた安次郎に、

「どうにも、解せねえ」

立ち上がりながら錬蔵がつぶやいて、横倒しになったままの法仙寺駕籠に眼を向けた。安次郎が聞いてきた。

「解せねえ、とは」

「駕籠には、客が乗っていたはずだ」

「客を下ろした後の、もどり駕籠だったんじゃねえんですかい」

「そうとはおもえぬ。法仙寺駕籠に乗るからには、大店の主人とみるべきだろう。駕籠の轅の先端が、どっちを向いているか、よくみてみな」

方角を示すように錬蔵が顎《あご》をしゃくった。

「駕籠の轅は、福永《ふくなが》橋に向いている。吉永《よしなが》町のこのあたりから久永《ひさなが》町にかけては、大店の材木問屋が多いところだ」

「旦那は、どこぞの材木問屋の主人が辻斬りに襲われたと見立てていらっしゃるんで」

問いかけた安次郎に錬蔵が、

「辻斬りとは、かぎらない」

「何か、遺恨《いこん》がらみのことだと」

「そいつは、わからねえ。調べをすすめるうちにわかってくることだ」

「いけねえ。たしかに、そのとおりだ。旦那の下っ引きを引き受けてからというもの、すっかり世の中を見る目がゆるくなっちまった。竹屋の五調の源氏名で座敷に出ていて二六時中、場の気配を探っていた頃のほうが、人も物事も見極める眼が厳しかったような気がする。御用をつとめる身で、こんなことをいっちゃ何だが、男芸者より下っ引きのほうが、日々の暮らしぶりが、はるかにのんびりしていますからね。もう少し、気を張らなきゃいけませんね」

そういって安次郎が、ぱちん、と平手で軽く自分の頬を張った。

笑みをたたえて錬蔵が応じた。

「なあに、のんびりしているぐらいで丁度いいのさ。年がら年中、神経を張り詰めてちゃ、細かいことが気にかかって、人を咎《とが》める気ばかり起こす羽目になりかねない。いつも苛々《いらいら》して、気の休まるときがなくなるってもんだ。日頃は、のんびりでいいのさ」

「そういうもんですかね」

「そういうものさ」

「じゃ、のんびりさせてもらいやす」

「ところが、そうもいかぬのだ」

「人使いの荒いのが鞘番所《さやばんしょ》の御支配の悪いところで」

軽口を叩いた安次郎に錬蔵が、

「ふたりの駕籠舁が身につけた印半纏《しるしばんてん》の襟《えり》に〈駕籠松〉と染め抜かれている。駕籠松へ走って、駕籠松の親方を連れてきてくれ」

「駕籠舁たちが呼ばれた見世を聞きこめば、この法仙寺駕籠に、どこの誰を乗せたかわかりやすね」

「そういうことだ」

「善は急げ、といいやす。駕籠松までひとっ走りしやしょう」

「おれは、ここで、客がどこへ消えたか、手がかりのひとつでもみつけだすつもりだ。もっとも、拐《かどわ》かされたとは、とてもおもえぬ。骸は、この近くのどこかに必ずあるはずだ」

「それじゃ、のちほど、ここで」

尻端折《しりはしょ》りをした安次郎が、背中を向けるや走り去った。安次郎が河岸道を走り去るのを見届けた錬蔵は踵《きびす》を返し、法仙寺駕籠に歩み寄った。

二

錬蔵は膝を折り、法仙寺駕籠から岸辺へ向かって、舐《な》めるように地面をあらためながら、ゆっくりと移っていった。

川岸のそばで錬蔵は動きを止めた。

指で地面の一点を押さえる。

指のそばに、血が滴《したた》り落ちたような跡が、わずかに残っていた。

顔を上げた錬蔵は、凝然と貯木池を見つめた。

目前の貯木池に隙間なく多数の丸太が浮いている。

うむ、と錬蔵がうなずいた。

野次馬たちがなかに入ってこないように立ち番している番太郎のひとりを錬蔵が振り返った。

「木場人足を何人か連れてきてくれ。鳶口《とびぐち》がいるな。長めの中鳶がいい。貯木池に浮いている丸太を中鳶で動かしたい」

浅く腰を屈めて年嵩《としかさ》の番太郎が聞いてきた。

「舟の手配は、どうしますか」

「とりあえず河岸近くの丸太を動かすだけだ。舟が必要になったら、そのとき手配りすることにしよう」

「わかりやした。近場の材木問屋に声をかければ木場人足の五人や六人、すぐ集まりましょう」

やりとりを聞いていた野次馬の数人が声を上げた。

「あっしは木場人足で」

「あっしも、そうなんで」

「手伝いますぜ。何なりといいつけておくんなさい」

立ち上がって顔を向けた錬蔵が、

「ありがたい。手伝ってもらおう。中鳶は手配できるかい」

木場人足のひとりが一歩、足を踏み出した。

「あっしは、すぐそこに店をかまえる常磐《ときわ》屋の人足で。店にもどれば中鳶は売るほどありやす。とってきます」

「頼む」

声をかけた錬蔵に常磐屋の人足が頭を下げて、背中を向けた。

「通してくんな。御用の筋だ」

威勢のいい声をかけながら、常磐屋の人足が野次馬たちをかき分けて輪の外へ去った。

見送った錬蔵に年嵩の番太郎が聞いてきた。

「人足の手配は、どうしやしょう」

「木場の人足衆が手伝おう、と手をあげてくれたんだ。ここんところは、その心意気に甘えさせてもらおうぜ」

微笑んだ番太郎が、無言でうなずいた。

常磐屋の人足がいったとおりだった。

ほどなく中鳶数本を抱えた常磐屋の人足と、同じく中鳶を手にした数人の人足たちが人混みをかき分けて錬蔵に歩み寄った。手伝う、と名乗りを上げた常磐屋の人足は、どうやら兄貴格らしい。したがう仲間たちを目線で示して声をかけてきた。

「店にいた奴らに声をかけたら、やる気になってくれやした。働かせてもらいやす」

「ありがたい。さっそく始めてもらおう。岸の近くの丸太から仕掛かってくれ」

「合点承知の助でさ。おい、中鳶だ。よろしく頼むぜ」

手伝う気で待っていた人足たちに、兄貴格が抱え持っていた中鳶を手渡した。

さすがに木場の人足たちだ。足捌きも軽やかに、常磐屋の船着き場のそばに浮かぶ、岸辺にもっとも近い丸太に、兄貴格を先達役に人足たちが次々と乗り移った。数本先の丸太に渡るなり人足が、中鳶を隣りの丸太に打ち込んだ。相次いで乗り移った人足たちが、同じ動きを繰り返す。二本の丸太を中鳶でつなぎ合わせた形になった。二本つなぎの、にわか仕立ての筏《いかだ》をつくって足場にしたのだろう。

半分ほど残った人足が丸太に乗るや、中鳶でつないだ丸太とは逆向きに躰を向けた。中鳶を突き立て、丸太を斜めに引く。引くと同時に人足が中鳶を引き抜いた。揺れながら、丸太が貯木池を滑《すべ》った。丸太が動いたあとの水面が露わになった。揺れて、乱れて、波打っている。

二本目、三本目と、人足たちが同じ作業を繰り返した。丸太の下の水面が同様に乱れた。

人足たちがさらに数本、岸から遠ざかった他の丸太に乗り移り、隣りの丸太に中鳶を打ち込み、足場をつくった。

後から足場に乗った人足たちが、岸寄りの丸太に中鳶を突き立て、引く。

新たな足場に移って二本目が水面を滑ったとき、動いた丸太の後を追うように、俯《うつぶ》せた男の骸が浮いてきた。羽織から小袖、下衣まで首の後ろから切り裂かれている。

兄貴格が錬蔵を見やって声を上げた。

「旦那、土左衛門《どざえもん》だ」

凝然と見据えた錬蔵が、振り向くことなく年嵩の番太郎に声高に命じた。

「舟の手配をしろ。骸を引き上げるのだ」

丸太に乗った兄貴格が声高に呼びかけた。

「常磐屋の舟を使ってくだせえ。船着き場に舫《もや》ってある舟でさ」

うなずいた錬蔵が、

「使わせてもらう。番太郎たち、急げ」

立ち番するふたりを残して番太郎たちが一斉に船着き場へ向かった。

舟に乗り込む。

番太郎のひとりが杭に縛りつけてある舫綱をほどいた。棹《さお》を手にとり、船着き場を突いた。

舟が、骸へ向かってすすんだ。

棹を置き、櫓《ろ》を握った番太郎が漕ぎ出した。櫓を扱い慣れた動きだった。漁師あがりの番太郎なのだろう。

舟は浮いている骸のそばへ近寄った。ぶつからぬようにゆっくりとそばに寄って止まった舟から身を乗りだした三人の番太郎が、骸に手をのばした。

骸の帯や小袖を摑んだ番太郎たちは、

「引き上げるぞ」

と声をかけた年嵩の番太郎の指図にしたがい、一気に骸を引き上げた。

引き上げるとき、骸の顔があきらかになった。

「武州《ぶしゅう》屋の旦那だ」

「武州屋さんだって」

丸太に乗ったまま、骸の引き上げを見つめていた人足たちが、ほとんど同時に叫んだ。

「武州屋、だと」

おもわず錬蔵は口に出していた。

武州屋は、江戸で三本の指に数えられる材木問屋の大店である。たんなる辻斬り騒ぎではあるまい、との推断が錬蔵のなかに生まれていた。

「武州屋の骸を船着き場に横たえろ。骸をあらためる」

舟に骸を乗せた番太郎たちに錬蔵が命じた。

船着き場に横たえた武州屋をのぞきこんで、丸太から船着き場に上がってきた人足たちが声を高めた。

「間違いねえ。武州屋さんだ」

「何で、こんなことに」

「武州屋さんに知らせに走るかい」

兄貴格が、仲間をたしなめた。

「鞘番所の旦那がいらっしゃるんだ。出過ぎた真似はいけねえ」

傍らで膝を折り骸をあらためていた錬蔵が、顔を向けて兄貴格に声をかけた。

「悪いが、武州屋までひとっ走りしてくれ。主人とおもわれる死骸が貯木池に浮いた。店の誰かに顔あらためをしてほしいと深川大番屋の者がいっているとつたえて、ここまで連れてきてほしいのだ」

浅く腰を屈めて兄貴格が、

「御用の筋、だといってもよろしいんで」

笑みを含んで錬蔵が応えた。

「れっきとした御用の筋だ。武州屋の者にそういってくれ」

「ありがてえ。岡っ引きの親分衆が御用の筋だと、上から目線の偉そうな顔つきをつくって口に出す一言。一度は口にしてみたいもんだ、とつねづねおもっておりやした。あっしが武州屋へ向かいやす」

場所柄もわきまえず破顔一笑した兄貴格が、

「こいつを預かってくんな」

持っていた中鳶を傍らの仲間に手渡した。腕まくりするなり、走り出す。

背後に控える番太郎を錬蔵が振り返った。

「骸を俯せにしてくれ」

「すぐ動かします」

応じた年嵩の番太郎が、傍らの番太郎に、

「おれは、肩を持つ。おまえさんは、足を持ってくんな」

「わかりやした」

番太郎が骸の足下へまわった。

年嵩の番太郎が骸の肩に手をかけた。

「俯せにするぜ。そっと動かすんだぞ」

躰の左側を回転軸がわりに番太郎たちが、ゆっくりと骸を反転させた。

骸が俯せになった。

骸の背中が、一太刀で大きく断ち割られていた。躊躇《ためらい》のない、見事な太刀筋であった。人を斬ることに慣れた者の仕業とおもえた。

手広く商いをしていれば、仕事仲間から恨《うら》まれることも多々あるはずであった。武州屋に恨みを持つ者が刺客《しかく》を雇い、辻斬りを装って殺させる。あり得ないことではなかった。

まずは、武州屋の周辺を洗わねばなるまい。胸中で、そうつぶやきながら錬蔵は、再び骸の刀疵《きず》に眼を注いだ。

三

ためつすがめつ錬蔵が骸をあらためているところへ安次郎が駕籠松の親方を連れてもどってきた。

船着き場の降り口まで歩み寄って話しかけた。

「旦那、駕籠松の親方を連れてまいりやした」

立ち上がって振り向いた錬蔵に、髭の剃《そ》り跡が青々とした、いかつい顔の五十がらみのずんぐりむっくりした男が頭を下げた。

「松吉《まつきち》といいます。駕籠舁がふたり、昨夜出たきり帰ってこない。もどる途中、どこかの白首《しらくび》にひっかかって、しけこんでいるに違いないと腹立たしくおもって待ってましたが、まさか辻斬りに殺されていたなんて」

ちらり、と錬蔵が安次郎に眼を走らせた。

おそらく話をわかりやすくするために、安次郎は親方に、

〈ふたりは辻斬りにやられたようだ〉

と話したのだろう。

何食わぬ顔をして安次郎はそっぽを向いている。

「ふたりの顔をあらためてくれ」

そういって錬蔵は、船着き場から河岸道へあがった。

横倒しになったままの法仙寺駕籠を見つめて、松吉が声を上げた。

「うちの法仙寺駕籠だ。商売道具を乱暴に扱いやがって。直しに出さなきゃいけねえ。また無駄金がでることになるぜ」

横たわるふたりの駕籠舁の骸のそばへ行き、錬蔵が松吉に声をかけた。

「よく見てくれ」

近寄って膝を折り駕籠舁のひとりの顔をのぞきこんだ松吉が、

「串造《くしぞう》だ」

と喘《あえ》ぎ、残るひとりの駕籠舁に顔を向けて呻いた。

「石助《いしすけ》。何てこったい、ふたりとも変わり果てた姿になっちまって」

いかつい顔を歪《ゆが》めて松吉が大きな溜息をついた。

「誰を駕籠に乗せていたか、わかるかい」

問いかけた錬蔵に、神妙な顔つきで松吉が応えた。

「河水楼《かすいろう》から法仙寺駕籠を六挺仕立ててくれと頼まれたんで手配りして行かせた。ただそれだけのことでして。串造と石助がどこのどなたを乗せたやら、あっしにはさっぱりわかりません」

「河水楼から声がかかったんだな」

「その通りで。河水楼の藤右衛門《とうえもん》親方には、日頃からお世話になっております。何でも、法仙寺駕籠六挺、揃えなければ申し訳がたたない、と他所《よそ》にまわすことにしていた法仙寺駕籠一挺を河水楼に向かわせたんで、よく覚えておりやす。いったん向かわせると約束した見世に、どうにも手配がつかないとあやまりにいったりして、そりゃ大変なおもいをいたしやした」

立ち上がった松吉が浅く腰を屈めた。

「引き上げてもいいぜ。足を運んでくれて、ありがとうよ」

告げた錬蔵に、おずおずと松吉が聞いてきた。

「あの、串造と石助の骸はいつお下げ渡しくださるんで。弔《とむら》いなどしてやりたいとおもいまして」

「そうよな」

首を捻《ひね》った錬蔵が、松吉に眼を向けてつづけた。

「明朝、木場町の自身番まで骸を受け取りに来てくれ。いますぐにでも引き渡してやりたいが、まだ調べたいこともあるんでな」

「わかりました。明朝、木場町の自身番にうかがいます。それと、法仙寺駕籠ですが、これはいつ取りにうかがえばよろしいんで」

「法仙寺駕籠についちゃ調べは終わっている。後で駕籠舁をよこしてくんな。なるべく早いほうがいいぜ。おれたちは骸を自身番に運び込む。盗まれたりしたら、ことだからな、番太郎を法仙寺駕籠の見張りに残しておく」

「急いで店にもどって法仙寺駕籠を引き取りにまいります。それじゃ、これで」

頭を下げた松吉が、背中を向けるなり走り出した。

突然……。

素《す》っ頓狂《とんきょう》な声を安次郎が上げた。

「あれ、お千賀《ちか》さんじゃねえか。血相変えて駆けてくる。いったい、どうしたというんでえ」

振り向いて錬蔵が聞いた。

「安次郎、いま、お千賀さんとかいったな。知り合いか」

「数年前までは深川の売れっ子芸者で、お紋《もん》の稼業上の姐《ねえ》さんにあたる女でして。身請けされて、内儀を亡くして一年になる材木問屋の武州屋さんの後添えにおさまったと聞いておりやすが」

　そこで、はた、と気づいた安次郎が、

「まさか、さっき旦那が骸あらためしてなすった大店の主人風の濡れ鼠が、武州屋さんなんじゃ」

「おそらく、そうだろう。骸の引き上げを手伝ってくれた木場の人足たちのなかに顔を見知っている者が何人かいてな。武州屋だと口々にいっていた。武州屋の誰かに骸の顔あらためをしてもらおうと、常磐屋の人足にひとっ走りしてもらったのだ」

　顔を向けた錬蔵の眼に、兄貴格の人足を道案内に、小走りにやってくるお千賀と番頭風の初老の男の姿が映った。

　駆け寄ってきて兄貴格が錬蔵に声をかけた。

「旦那、武州屋のお内儀《かみ》さんと番頭さんを連れてきましたぜ」

「ありがとうよ。何かと手間かけたな。これは、ほんのお礼がわりだ。受け取ってくんな」

　懐《ふところ》から銭入れをとりだした錬蔵に兄貴格が、

「お礼をいただくくらいなら端《はな》から手伝いません。志は御勘弁願います」

　横から安次郎が口を出した。

「遠慮しないで受け取りな。旦那だって、銭入れを出したてまえ、引っ込みがつかねえだろうよ」

「それではお礼がわりに、旦那に、あっしのお願いをひとつだけきいてもらえませんか」

笑みをたたえて錬蔵が応えた。

「願いのなかみにもよるが、話してみろ」

「あっしは常磐屋の木場人足で、万七《まんしち》といいやす。願いというのは、これから時々、捕物の手伝いをさせていただきたいんで」

「万七さん、そいつはちょっと無理な相談だ」

声を上げげた安次郎を手で制して錬蔵が笑いかけた。

「万七さんとやら、その願い、聞き入れよう。手伝ってほしいときは声をかける。気が向いたら深川大番屋へおれを訪ねてきな。おれの名は大滝錬蔵、万七さんのことは門番に話しておく」

驚愕《きようがく》を露わに万七が、

「大滝錬蔵さま。それじゃ、旦那は深川大番屋の御支配さまで」

「そうよ。万七さんは知らなかったのかい、御支配さまの顔をよ」

苦笑いして安次郎が話しかけた。

途端に躰をすくめた万七が頭をかきながら、

「同心の旦那だとばかりおもっていやした。大番屋の御支配さまだと知らずに気楽な口を利《き》いちまった。御勘弁くだせえ」

と頭を下げた。万七が間違うのも無理はなかった。錬蔵の出で立ちは、着流し巻羽織という、町同心の定番ともいうべき格好だった。錬蔵は、好んで着流し巻羽織の出で立ちで探索にあたっている。羽織袴の、あらたまった姿の与力より町同心の出で立ちの方が町人相手の聞き込みがやりやすい。錬蔵は、そう考えていた。

微笑んだ錬蔵が、

「気にすることはない。大番屋に顔を出してくれるのを楽しみにしてるぞ」

「近いうちに必ずうかがいやす」

はにかんだ笑みを返して、万七が深々と頭を下げた。

傍らで訝《いぶか》しげに安次郎を見つめていたお千賀が、三人の話が途切れるのを見計らって問いかけた。

「人違いなら御勘弁ください。もしや、親分さんは、竹屋の太夫じゃ」

破顔一笑して安次郎が応えた。

「ちょっと見じゃ気づかないほど変わった、といつもいわれるが、よくわかったな。いまじゃ男芸者の足を洗って、深川大番屋の大滝さまお抱えの下っ引きさ」

「毒舌が売り物で御上《おかみ》嫌いの竹屋の太夫が、岡っ引きの親分さんになっているなんて、とても考えられなくて。あまりの変わり様で声をかけそびれていましたよ」

「なあに、惚れた弱みというやつさ。大滝の旦那に惚れ込んで、柄にもなく十手持ちなんかになっちまった」

頭をかいた安次郎が、つづけた。

「何も知らんぷりしていたわけじゃねえぜ。すっ堅気《かたぎ》の、大店のご新造さんにおさまったお千賀さんに、昔のお座敷仲間が気安く声をかけて、おもいもかけぬ厄介《やっかい》ごとをつくりだしちゃいけねえと、妙に気をまわしたりしてな。それで、声をかけそびれたってわけさ」

そういって安次郎が、ちらっとお千賀の後ろに控える番頭に目線を走らせた。

律儀な性格の番頭なのだろう、ふたりの話のなかみに気づかないふりをして目線を落として控えている。

曖昧《あいまい》な笑みを浮かべたお千賀が不安を露わに錬蔵に聞いてきた。

「あの、さっき御用の筋で来られた男衆が貯木池から引き上げた骸の顔あらためをしてくれと仰有《おつしや》ってましたが、骸はどこに」

「あの船着き場に横たえてある」

顎をしゃくった錬蔵の示した方を見やったお千賀と番頭の顔が驚愕に歪んだ。

「まさか」

「間違いございません。昨夜、寄合に出かけられるとき、旦那さまが着ていられたお召し物と同じでございます」

ほとんど同時にお千賀と番頭が声を発した。お千賀が駆け寄る。錬蔵と安次郎、番頭がつづいた。

傍らに膝をついたお千賀が、顔をはっきりと見定めようと、気丈にも俯せになっていた骸の肩に手をかけ持ち上げた。がくり、と力なく首は垂れていたが、横顔は、はっきりと見えた。

「おまえさん」

大きく息を呑んだお千賀が、わずかに持ち上げていた武州屋の骸を元の形にもどした。

そのまま崩れるように武州屋の骸に縋《すが》ったお千賀が、

「おまえさん、どうしたんだよ。何かいっておくれよ。お願いだよ、おまえさん」

声高に呼びかけるお千賀の声は、次第に肩を震わせての泣き声となり、嗚咽《おえつ》へと変わっていった。

背後に立った錬蔵と安次郎が、そんなお千賀を凝然と見つめている。

四

「すぐ骸を引き取らせてほしい」

と懇願するお千賀に錬蔵が、

「駕籠舁ふたりの骸も明朝まで木場町の自身番に留め置くことにしている。安次郎の知り合いの頼みだからといって、武州屋の骸だけを違う扱いにするわけにはいかぬ」

にべもなくはねつけた。

悄然《しょうぜん》と肩を落として歩き去るお千賀を見やった安次郎が、

「武州屋ほどの大店になると、うるさく口をはさんでくる親戚筋もいるでしょうね。お千賀さん、うまく立ち回ることができればいいが海千山千の連中が相手だ、なかなかそう都合よくは運ばねえでしょうよ」

「そうだろうな。番太郎たちと一緒に自身番に三人の骸を運び込んだら、武州屋に顔を出してはどうだ」

「そいつは願ってもない話ですが、旦那のことだ、何か含みがあるんじゃねえですか」

にやり、として錬蔵が応えた。

「だいぶ、おれの考えが読めるようになってきたな。その通りだ。おれは、材木問屋の内実をよく知らない。稼業柄の仕来《しきた》りごとも、必ずあるはずだ。安次郎のことだ、お千賀や番頭たちと話しているうちに何か探り出してくれるだろうとおもっているのさ」

今度は、安次郎が、にやりとする番だった。

「いま、わかりましたよ。旦那が、万七に御用の手伝いをさせると、いともあっさりと約束なさった意味が。旦那は、万七から材木問屋の噂話を聞き込むつもりだったんですね」

「それだけではない。新たな噂も仕入れてきてもらうつもりでいる。おれたち御用の筋には口を噤《つぐ》んでしまうようなことでも、商いの仲間には易々《やすやす》と口軽く話すものだ」

「たしかに」

うなずいた安次郎が聞いてきた。

「ところで、旦那はこれからどうなさるんで」

「河水楼に行き、藤右衛門から武州屋が出ていた寄合の面子《めんつ》が、どこの誰だったか、聞いてくるつもりだ。それから木場町の自身番へ寄り、いま一度、三人の刀疵をあらためる。終わり次第、武州屋へ向かう」

「あっしは武州屋で、旦那が顔を出されるまで待っていればよろしいんですね」

「そうだ」

「それじゃ、あっしは番太郎たちと骸を木場町の自身番へ運びます」

「頼む」

いうなり錬蔵は歩きだした。

背後で荷車の轍《わだち》の音がした。番太郎がどこかから借りてきた荷車を牽《ひ》いてきたのだろう。

昼にはだいぶ間があった。河水楼は日をまたいでも開いていることもある、夜の遅い商売である。河水の藤右衛門は、まだ寝ているかもしれない。

叩き起こすことになるかもしれぬが仕方あるまい。そう腹をくって、錬蔵は歩みをすすめた。

河水楼に錬蔵が顔を出すと藤右衛門はもう起きていた。帳場に坐り、渋面をつくって大福帳を見つめている。

板場へ通じる土間との仕切りの暖簾《のれん》をかき分けて出てきた政吉《まさきち》が、入ってきた錬蔵に気づいて近寄ってきた。

「これは、大滝の旦那。何かあったんですかい」

「いい勘だな。なぜ、わかった」

得意げに鼻をうごめかせて政吉が、

「すぐわかりまさあ。いつもは遅めの昼過ぎ、それも確実に主人が起きている、見世の暇な刻限を見計らってこられる旦那が、昼前にやってこられた。いつもなら、主人はまだ夜具の中で白河夜船《しらかわよふね》って頃合いですぜ」

いったんことばを切り、身を乗りだして聞いてきた。

「で、どんな一件なんですかい。いつでもお役に立ちますぜ」

「ひとり殺された。それも昨夜、河水楼で開かれた商売仲間の寄合に出た商人がな」

「寄合ですって。商売仲間の集まりといや、材木問屋の旦那衆の宴席しかなかったが。まさか」

「そのまさか、だ」

そのとき、藤右衛門の声がかかった。

「政吉、何をくだらねえこと喋ってるんだ。店先で大滝さまを足止めするんじゃねえ。帳場の奥の座敷に上がってもらわねえかい。気がきかねえな」

振り返った政吉が藤右衛門に頭を下げた。

「すみません。いま、上がってもらいやす」

顔を向けて、政吉が小声で話しかけた。

「ゆうべ、石場の、うちの息のかかった茶屋お抱えの遊女が足抜きしたんで、主人の御機嫌はいたって悪いとおぼしめしておくんなさい」

「わかった。気をつけよう」

笑みをたたえて錬蔵がこたえた。

深川に点在する岡場所に十数店もの茶屋を有する河水の藤右衛門は、深川では、

〈三本の指に入る顔役〉

と評される人物であった。

その、御機嫌斜めだったはずの藤右衛門と、座敷で錬蔵は向かい合って坐っている。上座にある錬蔵には、さほど藤右衛門の機嫌が悪いとはおもえなかった。いつもと変わらぬ穏やかな口調で藤右衛門が問いかけてきた。

「何か、河水楼にかかわる、よくない一件が起きたということですかな」

「今朝方、駕籠松の駕籠昇ふたりの骸が貯木池の河岸道に転がっていた。その傍らに法仙寺駕籠が横倒しになったまま放置されていたのだ」

「昨夜、駕籠松の法仙寺駕籠を六挺、手配いたしましたが、そのうちの一挺ということですか」

「そうだ。乗っていたのは材木問屋の武州屋だ」

「武州屋さんが乗っていった法仙寺駕籠ですと。で、武州屋さんは、どうなされたので」

「河岸道には武州屋の骸はなかった。で、骸は貯木池に落ち、浮いている丸太の下に潜り込んだのではないかと推測して探った」

「あったのですな、武州屋さんの骸が」

「推量どおりだった」

「辻斬りですか」

「まだ、わからぬ」

うむ、と藤右衛門が目線を膝に落とした。独《ひと》り言《ご》ちるようにつぶやいた。

「お千賀も、運の悪い。武州屋の旦那が死んだら、分家が武州屋に乗り込んでくる恐れもある。海千山千の商人が相手だ。気丈な女といっても、お千賀ではとても太刀打ちできまい」

「武州屋には分家があるのか」

「武州屋の叔父に当たる檜原《ひのはら》屋が分家です。武州屋は三代つづく材木問屋の老舗《しにせ》。先々代にはふたりの息子さんがおりましてな。兄弟ふたり、仲が悪い。それで、先々代は長子に武州屋を継がせ、二男に檜原屋という店をつくってやり、それぞれにお得意さんも割り振ってあげた。が、武州屋を継いだ先代は商売熱心で、先々代がふたつに割る前に匹敵するほどの身代《しんだい》をつくりあげた。先代は五十そこそこで亡くなられ、二十代半ばで後を継いだいまの武州屋さんも商い上手で、先代がつくりあげた店を、さらに大きくなさった」

「その財産を檜原屋が乗っ取ろうと画策するかもしれない。そういうことだな」

「檜原屋さんは、そろそろ五十代半ばにさしかかろうという年頃ですが、まだまだ脂《あぶら》ぎった、浮世の欲に取り憑《つ》かれているようなお人でしてな。何かといえば、甥《おい》の武州屋さんにねちねちと厭味《いやみ》をいう。それでいて無心はするで、昨夜も寄合の酒宴の割当分を武州屋さんに押しつける始末。それでも武州屋さんは厭な顔ひとつせず払っておいでしたが。いやはや、傍《はた》で見ていても、あまり気持のいいものではありませぬな」

「安次郎から、お千賀はお紋の稼業上の姐さんにあたる女だときいたが」

「その通りで。よほど気があっていたのでしょう。血の通った姉妹でも、あれほど仲のいいのは滅多におるまいというほどのふたりでございました」

「檜原屋の商いはうまくいっているのか」

「親から譲り受けた身代を、やっと守り通しているといったところでしょうか。材木問屋のなかで、わたしが勝手に格付けすれば大店の下、大店の仲間にやっとしがみついている、というべきでしょうか」

いつになく辛辣《しんらつ》な藤右衛門の物言いであった。藤右衛門は檜原屋を、

〈虫が好かない奴〉

とおもっているのかもしれない。

「その商売仲間の寄合に出ていた材木問屋の名はわかるかい」

「わかります。仲間内の貫禄、格で寄合の席が決まります。ひとつ間違うと、面子《めんつ》が潰されたの、浮世の筋道を知らぬ見世だのと何かと厄介なので、あらかじめ寄合の面子は聞いておくよう見世の者たちに口が酸っぱくなるほどいっております。寄合の前約をうけたまわったときに、面子をくわしく記した覚えが残っております」

戸襖の向こうへ向かって藤右衛門が数度、手を叩いた。

戸襖が廊下側から開けられ、政吉が顔を出した。政吉はあらかじめ戸襖の向こうに控えていたのだろう。

「お呼びで」

「寄合の前約帳を持ってきておくれ」

「かしこまりました」

頭を下げて政吉が戸襖を閉めた。

向き直った藤右衛門に錬蔵が問うた。

「武州屋が誰かに恨まれている。そんな噂を聞いたことはないか」

「さあ。ただ商人は、商いに熱心なほど、おもわぬ敵をつくるものでございます。武州屋さんが大儲けなされた蔭には、必ず貧乏籤《くじ》を引かされた者がいるはずで」

「商いをする者には必ず商売敵《がたき》ができるもの。そういうことだな」

「恨みには、逆恨みという的外れなものもありますでな」

「たしかに。主人という屋台骨を亡くした武州屋の身代を狙って画策する材木問屋も出てくるだろうな」

「身代を狙わぬまでも得意先を取るぐらいのことは朝飯前で仕掛けるでしょうな。商いは戦《いくさ》。不意打ちに謀略、悪巧み。どんなことが起こっても驚くものではございませぬ」

「商いは戦か」

つぶやいて鍊蔵はお千賀におもいをはせた。

主人を失ったいま、武州屋の暖簾をどうやって守っていくのか。まさしく武州屋は、鵜《う》の目鷹の目で、その身代を食い物にしようと狙う輩《やから》の的となっているに違いないのだ。

ほどなく政吉が前約帳を持ってきた。武州屋が出た寄合の面子を写し取った鍊蔵は、

「忙しいところを手間をとらせたな」

と、藤右衛門への挨拶もそこそこに河水楼を後にした。

自身番で骸をあらためた後、武州屋へ顔を出さねばならない。それも、できるだけ早く行くべきであった。武州屋には安次郎がいる。が、檜原屋がやってきたとしたら、欲の皮が突っ張った分、安次郎には手に負えない相手かもしれない。

自然、鍊蔵は早足になっていた。武州屋の身代を狙う陰謀はすでに動き出している。そう推量すべきであった。

この足で武州屋へ向かいたい、との衝動に鍊蔵はかられた。

しかしその前に、武州屋とふたりの駕籠舁の骸をならべ、いま一度、刀疵をあらためて、同じ太刀筋か見極めねばならなかった。同じ太刀筋なら、ひとりの仕業ということが判断できる。

法仙寺駕籠の轅の先にくくりつけられていた提灯は焼け落ちていた。が、轅に提灯を結わえつけた縄は残っていた。縄は、鋭い刃で切断されていた。轅に残された縄には焦げ跡はなかった。それは、提灯が前方から斬り落とされ、地に落ちて燃えたことを意味している。

下手人は待ち伏せしていたのかもしれない。

待ち伏せしていたとなると、下手人は辻斬りではなく、端から武州屋を狙っていたことになる。

太刀筋からみて、下手人はかなりの剣の使い手とおもえた。太刀筋に、わずかの躊躇もない。命を断つためだけの剣といえた。

誰かが刺客《しかく》を雇って武州屋を殺させた。そう考えるのが自然だった。その思案が、次第に錬蔵のなかで膨らんでいった。

武州屋の暖簾はわたしが守る、と頑《かたく》なにお千賀が言い張ったときはどうなる。おそらく、命を奪われることになるだろう。そうなる前に一件を落着させねばなるまい。

錬蔵は、無意識のうちに唇を真一文字に嚙みしめていた。

はやる気持を抑えながら、錬蔵は自身番への道筋を急ぎに急いだ。

五

自身番での骸あらためは、おもいのほか手間がかかった。貯木池の河岸道であらためたときには気づかなかった傷跡の特徴を見出したからだ。骸の上半身を裸にしてならべて、はじめて見つけ出せたものだった。

下手人の太刀先は三人の心ノ臓に深々と食い込んでいた。それだけではない。刃を返して、切っ先を跳ね上げている。心ノ臓の傷口を、さらに広げようとする狙いがあるのはあきらかだった。

駕籠舁のひとりが肩口から大きく断ち割られていた。その傷を仔細にたどって、かろうじて見出し得たことであった。

もうひとりの駕籠舁や武州屋も、同じ技で息の根を止められたのではないか、と錬蔵は推測した。

死者を傷つけるのは許されることではない。が、この場合、仕方あるまい。そう腹をくった錬蔵は、小刀を抜いて骸の躰を用心深く切り裂き、心ノ臓の傷跡を細かくあらためたのだった。

三人とも、心ノ臓を深々と切り裂かれ、傷口を広げるべくさらに切っ先が跳ね上げられていた。

番太郎に、切り開いた骸の傷口が開かぬようにするために晒《さら》しで巻き、その上から身につけていた衣を着せるように命じた錬蔵は、血で汚れた手を念入りに洗い自身番を後にした。

貯木池の河岸道を錬蔵は歩いていく。

浮島の間を吹き抜けてきた、潮の香りのする江戸湾からの風が錬蔵の頰を嬲《なぶ》っていく。寒さを通りこして、骨の髄まで凍《こご》えるような風の冷たさだった。

今夜は雪になるかもしれぬ。歩みをすすめながら、錬蔵はそうおもった。

久永町の武州屋は、青海《せいかい》橋を渡って三間ほど先にあった。

武州屋は、店を開いていた。

入ってきた錬蔵に気づいて、お千賀の供をして骸あらためにやってきた番頭が近づいてきた。

「様子を見に来てくださったのですか。ありがたいことでございます」

話しかけ、深々と頭を下げた番頭に、

「さすがに、江戸で三本の指に入るという材木問屋の武州屋、みごとなものだ。主人が不慮の死を遂げたというのに、店を開いて、いつもどおりに商いをしているのか」

偽らざる錬蔵のおもいだった。商人は、商売第一。何があっても、前触れなしに商いを休むことは許されませぬ、と以前、藤右衛門から聞かされたことがある。その藤右衛門のことばを目の当たりにしたような気がして、錬蔵はしげしげと店のなかを見渡した。

番頭、手代はもちろんのこと、丁稚《でっち》や下働きの女たちまでもが忙しく立ち働いている。

「お内儀《かみ》さんのお指図でございます。わたしにもしものことがあっても、決して前触れなしには店を閉めてはならぬ。木材を買いに、わざわざ足を運んでくださるお客さまにご迷惑をかけることになる、と旦那さまから、つねづね言い聞かされておりました。いつもどおりに商いをするように、と仰有いまして」

「明朝、自身番へ骸を引き取りにいってくれ。調べはすべて終わっている。通夜は、明晩、やるのだろう」

「それが」

ちらり、と奥に眼を走らせて番頭が言いよどんだ。

「どうしたのだ」

「檜原屋さんがおいでになって、そのことでお内儀さんとお話をなされています」

「檜原屋は、どうして武州屋に不幸があったことを知ったのだ」

「叔父、甥の仲。真っ先に知らせなければ、とお内儀さんが言い出されて、手代を走らせたのでございます」

「それで檜原屋が来たのか」

ことばを切った錬蔵が、

「とりあえずお内儀さんに会いたい。取り次いでくれ」

「竹屋の親分から大滝さまがいらっしゃったら奥へ通すようにいわれています。ご案内いたします。お上がりくださいませ」

畳敷きの間の上がり端の前まで行き、頭を下げた。

うむ、とうなずいた錬蔵が歩み寄り、上がり框《かまち》に足をかけた。

番頭に案内されて奥へ向かうと、庭に面した座敷前の廊下にお紋と政吉が坐っていた。気がかりなことがあるのか、座敷のなかをうかがっている。

廊下をやって来た錬蔵が声をかけた。

「お紋、政吉、来ていたのか」

振り向いたお紋と政吉が、

「旦那」

「主人が、お紋さんに武州屋さんが死んだことを知らせて、武州屋へ連れて行ってやれ。お紋がいれば、お千賀の気も紛れるだろうといいまして。それで」

ほとんど同時に声を上げた。

うなずいた錬蔵が番頭を見やった。

「御苦労だった。引き上げていいぞ」

「それでは、ここで」

頭を下げ番頭が引き上げていった。

店の方へ番頭が引き返していったのを見送った錬蔵が振り返った。お紋が待ちかねたように話しかけてきた。

「旦那、檜原屋なんて、みょうに脂ぎった小憎らしい爺さんが、武州屋さんの死に方がよくない、大っぴらに通夜をやったり弔いを出したりしたら世間的にはばかりがあるんじゃないか、とへんなことを言い出して。お千賀さんは義理仲の叔父さんのこと、無下には扱えない様子だし。竹屋の太夫は竹屋の太夫で、いつもの毒舌はどこへやら理屈ではいい負けてるといった具合で、どうにも歯痒くて。旦那、何とかしてくださいな」

「とにかく話を聞いてみよう」

眼を移して錬蔵が聞いた。

「ところで政吉、なぜ廊下なんかにいるんだ」

「追い出されたんですよ、檜原屋に。内々の話だ。遠慮してくれ、といわれまして」

「安次郎が座敷に残れたのは、どういうわけだ」

今度はお紋が応える番だった。

「旦那からお千賀さんのそばを離れるな、といわれている。御用の邪魔立ては許さない、と竹屋の太夫が頑張りぬいて居座ったんですよ。それで檜原屋は、御用の筋なら仕方がない、とぶつぶついいながらも、竹屋の太夫が座敷に居残るのを渋々認めたんです」

「おれが座敷に入るときにお紋も政吉も一緒に入ってこい。火の気のない廊下じゃ寒いだろう」

「そうしていただければ、ありがたいこと、この上なしで」

政吉が顔をほころばせた。

微笑んだ錬蔵が、座敷に向かって声をかけた。

「深川大番屋の大滝錬蔵だ。入らせてもらうぞ」

ことさらに威厳を籠めた口調でいい、返事を待たずに戸障子を開けた。

上座に坐っていた檜原屋が錬蔵を睨《ね》め付けた。動こうとしない。でっぷりした体軀。ぎょろりとした眼が血走っている。酒焼けした顔が、日頃の不摂生を物語っていた。

「これは礼を失したなさりよう。いま返事を返そうとおもっていましたのに」

その物言いが錬蔵の疳《かん》に障った。皮肉な笑みを浮かべて、無言で檜原屋を見やった。

下座に控えていたお千賀と安次郎が腰を浮かせた。

「そのままでよい」

声をかけた錬蔵が、上座に向かった。

あわてて檜原屋が席を外した。膝で斜め脇に場所を変えた。

じろり、と錬蔵が檜原屋を見据えた。

「お内儀、武州屋には主人がふたりいるのか。武州屋亡き後は、お内儀が主人も同然。その主人をさしおいて上座に坐るとは、これはまた礼を失したことではないか。

おまえ、何者だ」

「檜原屋と申します。武州屋とは分家筋にあたる者で」

「ほう。分家が主人が不慮の死を遂げた本家に乗り込んで上座に坐り、主人風をふかすとは驚き入った次第。下座に座り直されたらいかがか」

「それは」

「さっき、礼を失したと、深川大番屋支配のおれを咎め立てしたおまえではないか。物の道理をわきまえた檜原屋が、なぜ下座に下がれぬのだ」

「下がります。ご無礼をいたしました」

膝で下がり、開け放した戸障子のそばに移った。

廊下側に立って、心配顔でなかを覗いていたお紋と政吉に錬蔵が声をかけた。

「お紋、政吉、なかに入れ。障子を開け放したままだと寒いではないか」

「それでは」

「入らせていただきます」

いそいそとお紋と政吉が座敷に入り、戸障子を閉めた。

腰を浮かせた檜原屋が、

「それでは、わたしはこれで」

　立ち上がりかけるのを錬蔵が制した。

「待て。聞けば武州屋の通夜や弔いを出すことに異を唱えているそうだな。おれが立会人になって、どちらの言い分が正しいか判断してつかわす。いまから存分に話し合うがよい」

「それは内々のことでございまして、深川大番屋の御支配さまの裁断をあおぐようなことではございませぬ」

「檜原屋、おれは武州屋の骸をあらためた者。武州屋とは無縁の者ではないとおもっている。浮世の習いともいうべき通夜や弔いを出すな、というからには、それなりの理《ことわり》があろう。今夜一晩、夜っぴて付き合ってもよい。内儀とじっくり話し合うがよい」

「それは」

「話し合え、と申しておるのだ。わかったな」

　いつになく居丈高《いたけだか》な錬蔵のことばだった。

「わかりました」

　渋々応えて檜原屋が座り直した。

すでに一刻（二時間）は過ぎただろうか。

檜原屋は、自分の言い分を繰り返しつづけた。死に方が尋常でない。武州屋は、あくどい商売をやりつづけて人の恨みを買ったのだ、との悪い評判が立つもとになる、というのだ。

通夜と弔いは人並みに出してやりたい。主人は、そんなあくどいやり方の商いはしていない、とお千賀は言い張りつづけた。

ふたりは、ともに譲らなかった。いまでは話し疲れたのか、ふたりとも黙り込んでいる。

錬蔵も腕を組み、眼を閉じたままであった。

その場に、息苦しいまでの沈黙が流れていた。

陽はすでに落ち、庭には夜の帳《とばり》が降りている。

座敷の行灯に灯が点されて、ゆうに半刻（一時間）は過ぎていた。

突然……。

「火事だ」

との叫び声が響いた。

眼を見開いた錬蔵が、脇に置いた大刀を手に取って立ち上がった。

「安次郎。お内儀のそばを決して離れてはならぬぞ」

「わかりやした」

顎を引いた安次郎の傍らにいた政吉が腰を浮かせた。

「お供しやす」

「ついて来い」

戸障子を開けて錬蔵が飛び出した。政吉がつづく。安次郎が戸障子を閉めて、お千賀とお紋を背にかばった。

懐の十手を引き抜き、外の気配に気を注ぐ。

火の手は裏の木置場の方から上がっていた。廊下から、足袋《たび》のまま錬蔵は庭に飛び降りた。政吉がそれにならった。

裏の木置場へ走り出ると、錬蔵の眼に、火のついた材木を中鳶で引き離して、他の材木に火が燃え移らぬようにしている人足たちの姿が飛び込んできた。どうやら火はつけられたばかりらしかった。

その傍らで、中鳶や鳶口を手にした人足たちが、抜きはなった大刀を手にした数人の強盗頭巾《がんどうずきん》と渡り合っていた。袴をはいているところをみると、強盗頭巾は無頼浪人とおもえた。人足のひとりが斬られ、朱に染まって倒れる。

走りながら刀の鯉口《こいぐち》を切った錬蔵が、人足と強盗頭巾の間に割って入った。

「おれが賊の相手になる。人足たちは火消しにまわれ」

人足たちが火を消しに走った。後を追った強盗頭巾のひとりを一跳びした錬蔵が袈《け》裟《さ》懸けに斬り伏せた。

首の根元から血を噴き上げて強盗頭巾が地に伏した。

「一歩も通さぬ」

八双に構えた錬蔵が強盗頭巾たちを見据えた。

強盗頭巾たちが一斉に動き、半円を組んで錬蔵に迫った。

戦う状況に応じて、ただちに陣形をつくる。修羅場に慣れた者ども、と錬蔵は判断した。

中鳶を手に政吉が駆け寄ってわめいた。

「旦那、加勢しますぜ」

「無用。そこから近づくでない」

声を上げた錬蔵に隙を見出したか、左端と右端の強盗頭巾が同時に斬りかかった。

錬蔵が大刀を横薙《な》ぎに振るう。

三人の躰が交錯し、三本の刀がぶつかりあったまま、動きを止めた。

その瞬間、政吉が甲高い声を発した。悲鳴に似ていた。

「まさか、旦那が、やられた。旦那」

呼びかけた政吉の声が、火を消す人足たちの怒号にまじって空しく響いた。

火勢が増したか、轟音を発して、大きく噴き上がった火の手が中天を焦がす。

炎が、身じろぎひとつせぬ錬蔵とふたりの強盗頭巾を照らし出して、その影を大きく揺らした。

二章　虎視眈々《こしたんたん》

一

三本の刀が、燃え上がった炎に黄金色《こがねいろ》に染まった。

人足たちは中薦を巧みに操《あやつ》って、火のついた木材を一ヶ所に集め、立てかけられたり、山積みされた多くの木材から引き離して、類焼を食い止めるべく働いている。

一つの山に形づくられた、燃えつづける木材の周りには、円陣を組んだ人足たちが中薦を構えて、火の勢いを見守っている。

時折、轟音を発して、炎が高く舞い上がる。そのたびに、人足たちが炎の根元に群がり、中薦を使って木材を叩き折り叩き割って、火消しにつとめている。

そんな人足たちの動きや炎の勢いは、いまの政吉にはどうでもいいことであった。

左右から斬りかかった強盗頭巾ふたりが錬蔵と躰をぴたりと寄せ合って、力勝負の鍔《つば》迫《ぜ》り合いを繰り広げているのだ。どうみても、ふたりを相手にしている錬蔵のほうが形勢は不利とおもえた。

踏ん張っていた錬蔵が右足を後ろに引いて、わずかに躰を斜めに開いた。

力負けして、体勢を崩したとしかみえぬ錬蔵の動きだった。

「旦那」

おもわず手にした中鳶を斜めに掲《かか》げ、戦いに加わろうと政吉が駆け寄ろうとした。

次の瞬間……。

動きを止めた政吉が驚愕《きようがく》の眼を剝《む》いた。

右手から斬りかかってきた強盗頭巾が錬蔵の躰の動きに誘われたかのように、わずかに左へ傾《かし》いだ。

そのまま、横倒しに倒れ込む。

強盗頭巾の手にしていた大刀が、その足下に落ちた。

右に動いた錬蔵は、左から斬りかかってきた強盗頭巾に躰をぴたりとつけ、今度は、その強盗頭巾を突き飛ばしながら右へ飛んだ。

その動きを追って左から斬りかかってきた強盗頭巾が、どうとばかりに倒れた。

抜き身の小刀が錬蔵の左手に握られている。その刀身の半ばまで、血に染まっていた。刃を合わせるなり、錬蔵が迅速《じんそく》の技で、強盗頭巾の腹に、左手で抜いた小刀を突き立てたのだろう。

左右から同時に斬りかかってきた強盗頭巾の、右から来たひとりを横薙《な》ぎした大刀で斬り捨てた錬蔵が、左から襲ってきた強盗頭巾の大刀を、間髪《かんはつ》を容れず受け止めた。そこへ、横薙ぎの一刀を受けた強盗頭巾が、死力を振り絞って刀を振りかざし迫った。

腹に小刀を突き刺した強盗頭巾に躰を寄せた錬蔵は、横薙ぎの一刀を浴びせた強盗頭巾の大刀を、もうひとりの強盗頭巾の刀ごと受け止めた。

錬蔵が動きを止めたのは、ふたりの強盗頭巾が力尽きて倒れるのを待っていたからだった。

右手に大刀、左手に小刀を持った錬蔵が、ふたりの強盗頭巾を一瞥《いちべつ》し、ゆっくりと残る強盗頭巾たちを睨み据えた。

「退《ひ》け」

頭格とおもえる強盗頭巾が、残る強盗頭巾たちに声をかけた。

その下知に、背中を向けた強盗頭巾たちが一斉に裏口へ走った。頭格が錬蔵に眼を注ぎながら後退《あとずさ》りする。斬りかかっても刃が届かない間合いに達したとき、頭格が背中を向けた。

逃げ去る頭格を見据えながら、錬蔵がまず小刀を、つづいて大刀を鞘に納めた。

駆け寄った政吉が声をかけた。

「旦那、よかった。動きが止まったんで、おもわず肝を冷やしましたぜ」

「心配かけたな」

笑みをたたえた錬蔵が、周囲を見渡した。

「どうやら、火事もおさまりそうだ。座敷に引き上げるか」

「旦那がいなくなってからの檜原屋の動きが気になりやす。おそらく、お千賀さんたちに悪態をつきつづけているんじゃねえかと」

「そうかもしれぬな」

いうなり錬蔵が歩きだした。政吉がつづいた。

二

座敷に入るなり錬蔵と政吉は、その場の気まずい様子に、おもわず眼を見合わせた。

座敷の端に、お千賀とお紋を背にかばうようにして安次郎が坐っている。反対側の一隅に、腕を組んでそっぽを向いた檜原屋が座していた。

上座に錬蔵が坐り、政吉が戸障子のそばに控えた。

目線を二手に流して錬蔵が話しだした。

「火事は消し止めた。浪人とおもわれる強盗頭巾の一群が押し入り、火をつけたのだろう。強盗頭巾をふたり、斬り捨てた。残る数人はいずこかへ逃げ去った」

安次郎が声を上げた。

「火付けですって。強盗頭巾の浪人たちは、誰かに頼まれて火をつけたんですかね」

「わからぬ。ただ戦うときの陣形の組み方や退却の仕方からみて、斬り合いに慣れた輩《やから》だろう」

突然、檜原屋が口をはさんだ。

「お千賀さん、大番屋の御支配さまのおことばを聞いたかい。斬り合いに慣れた浪人たちが火つけをした、と仰有《おつしや》ったんだよ。そこんとこを、強く気にとめるんだね。武州屋はあくどい商いをしていたんだ。だから、恨みを買ったんだ。恨みの主は武州屋を殺すだけではあきたらず、蓄えてある木材に火までつけた。たまたま腕の立つ御支配さまがいらっしゃったから事なきを得たが、いつも、うまく運ぶとはかぎらないよ。商いは戦《いくさ》だ。武州屋の取引先をかすめとろうと、商売仲間が虎視眈々《こしたんたん》と狙っているだろうよ。お千賀さん、あんた、そいつらと命がけでやりあう度胸はあるのかい。はやいとこわたしに身代を渡して、身軽になっちゃどうだね」

　凝然と檜原屋を見据えて、お千賀が言い切った。

「檜原屋さん、さっきいったとおりですよ。あたしの考えは変わりません。どんな苦労をしても、うちの人が守りつづけた武州屋の暖簾と身代、あたしが守りつづけてみせます。檜原屋さんに心配していただかなくとも結構です。火事騒ぎもあって、いろいろと立て込んでおります。お帰りくださいませ」

　深々と頭を下げたお千賀を刺々《とげとげ》しく見やって、檜原屋がゆっくりと立ち上がった。

眼を錬蔵に向けて言い放った。

「御支配さま、火事騒ぎのおかげで、わたしの身の潔白が証明されましたな。わたしが座敷にいるときに、付け火された。わたしが付け火とは関わりない、ということがよくおわかりでしょう。うっかりしていたら、わたしも火事騒ぎに巻き込まれて命を落としていたかもしれないのですからね」

「檜原屋の言い分、しかと聞いた。御苦労だった。引き上げるがよい」

「いわれなくとも引き上げる気でおりました。それでは、これにて」

　浅く腰を屈めて檜原屋が戸障子に歩み寄り、開けた。

戸障子を閉め、立ち去っていく。頭を下げたものの、檜原屋は錬蔵と眼を合わそうとはしなかった。

廊下を遠ざかる檜原屋の足音が聞こえなくなったとき、お紋が吐き捨てた。

「厭《いや》な奴、塩でもまきたい気分だね」

横から安次郎が口をはさんだ。

「みんな、そうおもっているのさ。できれば顔も見たくないとね」

誰に聞かせるともなく、お紋がつぶやいた。

「けど、お千賀姐さんは、厭でも檜原屋から逃げるわけにはいかないんだよね。何たって武州屋の分家、亡くなった旦那さんからみりゃ叔父さんだものね」

そのことばに、安次郎と政吉が顔を見合わせた。お千賀は俯《うつむ》いている。

さりげなくお千賀に目線を走らせた錬蔵がお紋に問いかけた。

「今夜は、お座敷に出なくていいのか」

「今夜から三日間、お座敷に出なくてよくなったんですよ」

「休んだのか」

「藤右衛門親方が、あたしを三日間、買い切ってくださって」

「藤右衛門が」

「お千賀とは稼業上の姉妹というだけでなく、日頃から、血の通った姉妹でもあれほど気のあったふたりはいない、というほどの仲。お千賀も、さぞ心細かろう。通夜、弔いと何かと気を使うことも多かろう。そばについていておやり、と仰有ってね」

「そうか、藤右衛門が買い切ったか」

芸者は売り物である。深川の売れっ子芸者であるお紋の贔屓《ひいき》筋のなかには、断り切れない客もあるはずであった。藤右衛門は、そんな客から声がかかったときにも、お座敷にでなくてすむようにお紋を買い切ったに違いなかった。

話に政吉が分け入った。

「主人はあっしにも、何か、揉め事が起こるかもしれない、そんなときに備えて、お紋さんの用心棒がわりに付き添っていろ、と命じられましして」

「それだけかい。藤右衛門親方から、政吉だけじゃ少し頼りないかもしれないが、と一言あったじゃないか。駄目だよ、政吉さん、都合の悪いことに口を噤《つぐ》んじゃ」

軽口を叩いて、お紋が政吉の二の腕を軽くはたいた。

「これだ。お紋姐さんにかかっちゃ、政吉兄哥《あにい》も形無しだぜ」

苦笑いして政吉が頭をかいた。

微笑んだ錬蔵が、

「用心棒もいることだし、安次郎、おれたちは引き上げるか」

「そうしやすか」

うなずいて安次郎が腰を浮かせた。立ち上がった錬蔵が、手にした大刀を腰に差しながら政吉に告げた。

「また顔を出す。そのときに気づいたことを聞かせてくれ」

「店が開いたら着替えに河水楼に帰りますが、すぐに武州屋へ引き返してまいりやす。いないときは、少し待っていただければありがたいのですが」

「そのときは、待っている。明日、また顔を出す」

ちらり、と錬蔵がお紋に眼を向けた。

「あたしは武州屋さんが店開きする前に住まいに帰り、着替えをすませたらもどってきますよ」

いつになく強張った顔つきでお紋が応えた。

「何かと、気をつけることだ」

言い置いて錬蔵が足を踏み出した。先にまわった安次郎が戸障子を開け、錬蔵を振り向いた。

武州屋を出るまで錬蔵は一言も口を利かなかった。青海橋を渡ったあたりで一歩遅れてついてくる安次郎に声をかけた。

「殺された武州屋の身辺を洗う。大番屋へもどり次第、松倉《まつくら》たち同心や前原《まえはら》に、明朝、見廻りに出る前におれの用部屋へ集まるよう、つたえてくれ」

「わかりやした」

応えた安次郎が、ぶるるっと躰を震わせた。枯葉を舞い上げて凍えた風が吹き抜けていった。貯木池にはすでに薄く氷が張っているかもしれない。

空から白いものが、ふわり、ふわりと舞い落ちて来た。

「旦那、雪が降ってきやしたぜ」

襟元をかきあわせて安次郎がいった。

「積もるかもしれぬな」

ちらり、と空を見上げて錬蔵がつぶやいた。

雪の舞い落ちる河岸道を、錬蔵と安次郎が歩調を速めるでもなくのんびりとした足取りで歩いていく。

深川大番屋の表門の物見窓ごしに、錬蔵と連れだって帰ってきた安次郎が門番に潜り口を開けるよう告げていた頃……。

武州屋の奥のお千賀の寝間では、お千賀とお紋が列《なら》べて敷かれた夜具に横たわっていた。

「お紋ちゃん」

呼びかけたお千賀に、お紋が躰ごと顔を向けた。

「なあに、お千賀姐さん」

「さっきまで政吉さんが、用心のためだとそばについていたからいえなかったんだけど、実はね」

「何か、隠し事があるんだね」

「隠し事といえるかどうか。うちの人がこんなことになったいまとなっては、ふつうなら祝えることも、喜んでいいものかどうか」

「ふつうなら祝えることも、というと」

つぶやいたお紋が、次の瞬間、おもわず息を呑んだ。

「まさか、お腹に赤ちゃんが」

「いるんだよ、うちの人の子供が、あたしのお腹のなかに」

「武州屋さんは知っていたのかい、赤ちゃんのことを」

「一ヶ月ほど前に話したからね。とても喜んでたよ、これで武州屋の跡継ぎができる、とね。男でも女でもよい、女なら婿《むこ》を迎えればいいだけのこと、といってね。あのときのうちの人の、満面を笑み崩して喜んでいた顔が、いまでも瞼《まぶた》に残っているよ」

　上掛けを引き上げてお千賀が顔を埋めた。

　肩が小刻みに震えてる。声を押し殺して泣いているのだろう。

「姐さん」

　声をかけようとしてお紋は半身を起こしかけた。が、何といえばいいのか、おもいつかぬまま動きを止めた。

　上掛けでお千賀は顔を覆《おお》ったままだった。小刻みに上掛けの襟元が揺れている。まだ涙を溢れさせているのだろう。

「姐さん」

　つぶやいたはずのお紋の声は、ことばにならなかった。唇だけが動いて、何かことばを発したことだけは、かろうじてわかった。

　起こしかけた躰をお紋はもとにもどした。横たわったが、お紋がお千賀から目を離すことはなかった。身じろぎもせず、お千賀をじっと見つめている。

三

翌朝、錬蔵の用部屋には深川大番屋詰めの同心、松倉孫兵衛《まごべえ》、溝口半四郎《みぞぐちはんしろう》、八木周助《やぎしゅうすけ》、小幡欣作《おばたきんさく》の四人に、錬蔵の下っ引きという身分の、かつては北町奉行所の同心だった前原伝吉《でんきち》が居流れていた。安次郎はいつものように戸襖のそばに控えている。

一同を見渡して、錬蔵が告げた。

「材木問屋、武州屋殺しの顚末《てんまつ》は、いま話したとおりだ。武州屋の主人を殺しただけではあきたらず、店の裏手にある木置場の木材に火をつけている。殺しの裏に何か根深いものが潜んでいるような気がしてならぬ」

首を傾げて松倉が、誰に聞かせるともなくつぶやいた。

「武州屋はなかなかの遣り手と聞いております。しかし、あくどい商売をしているとの噂は耳に入ってきませぬ。誰かの恨みを買っているとは、とてもおもえませぬが」

傍らに坐る溝口が口を開いた。

「同感ですな。武州屋の悪口を聞いたことはない。八木、おまえはどうだ。武州屋の悪評を聞いたことがあるか」

「ないな。もっとも、いままで、とくに武州屋の評判がどんなものか気をつけてもいなかったがな」

さりげなく小幡が口をはさんだ。

「聞き込みをかければ武州屋の悪い噂が聞こえてくるかもしれませんね」

腕をさすりながら溝口がいった。

「そういわれてみれば、そうだな。いままで武州屋の身辺を探ったことはない。見廻りの際に、人の口の端《は》にのぼったことしか知らぬというのが、ほんとうのところだ。あらためて聞き込みをかければ、おもわぬ噂がとびこんでくるかもしれぬ」

顔を錬蔵に向けて前原が問いかけた。

「わたしは、いつものとおり、やくざの一家の子分たちをつかまえて材木問屋がらみの噂を拾ってくればよろしいのですな」

「そうしてくれ」

「承知しました」

顎《あご》を引いた前原から松倉ら同心たちに目線をうつして錬蔵がつづけた。

「それぞれ見廻ると決められたところで武州屋や材木問屋にかかわる聞き込みをつづけてくれ。どんな些細《ささい》なことでもいい。何が一件落着の糸口になるかわからぬからな」

一同が大きく顎を引いた。


「急ぎの用をおもいだした」

とお千賀に告げ、明六つ（午前六時）過ぎに武州屋を出たお紋は、入船町の住まいにもどって着替えをすますなり、一休みすることなく外へ出た。

馬場通りを真っ直ぐに前を見つめたまま、お紋は歩いていく。行く手に一ノ鳥居、少し手前の右手には火の見櫓《やぐら》が、その高さを競うかのように屹立《きつりつ》していた。

一ノ鳥居をくぐったお紋は八幡橋、福島橋《ふくしま》と渡って浜通りを右へ曲がった。急ぎ足ですすんでゆく。歩き方からみて、お紋の行く先は端《はな》から決まっているとおもえた。

永代橋《えいたい》を左手にみて油堀にかかる下ノ橋を渡ったお紋は中ノ橋、上ノ橋と過ぎ、大川沿いの道を脇目も振らずに歩いていく。

松平家下屋敷の海鼠塀《なまこべい》がつづいていた。塀が切れたところに右へ曲がる通りがある。清住《きよずみ》町と松平家下屋敷の境目となる道であった。

清住町の町家がつらなっている。その向こうに霊雲院の大甍《おおいらか》が、青く澄み切った冬空を切って聳《そび》えていた。

清住町の町家が途切れたところを右に折れたお紋は、右へ入る裏通りを数本ほどやりすごし、躊躇することなく次の三ツ叉《また》を右へ曲がった。何度も訪ねてきたことのある、慣れた道筋とおもえた。そのまま真っ直ぐにすすむと、左手に裏長屋の露地木戸がみえてきた。

その前で立ち止まったお紋は、露地木戸の奥をのぞきこんで、小首を傾げた。来てはみたものの、なかへ入っていこうかどうか迷っている。そんな様子にみえた。

が、次の瞬間……。

意を決したかのように唇を固く結び合わせると、お紋は露地木戸へ足を向けた。

目指す住まいは、溝板《どぶいた》をはさんで二棟建ちならぶ長屋のなかほどの左側にあった。

たいがい表戸の腰高障子には、棒手振《ぼてふ》りの魚屋なら魚という字を丸で囲んだ、稼業を示す文字が書かれているものだが、その住まいの腰高障子には、何も書かれていなかった。遊び人か浪人といった定まった職を持たない者の住まいなのだろう。

表戸に手をのばして、お紋は動きを止めた。再び首を傾げる。

あきらかに逡巡していた。

あらためて訪ねていいかどうか、迷っている。日頃は、つけすぎるほど物事の黒《こく》白《びゃく》をはっきりさせるのに、お紋らしくない様相だった。

表戸を見つめる。

まだ、お紋は迷っているようだった。

突然……。

なかから腰高障子が開けられた。

驚いたお紋が、おもわず首をすくめた。

開けたのは三十代半ばとみえる浪人者だった。

住まいの前にお紋がいることが、あまりにも思いがけないことだった証《あかし》に、浪人は棒立ちになっている。

「片桐《かたぎり》さん」

「お紋さん、いったい、どうしたというのだ」

ほとんど同時に、お紋と浪人が声をあげた。

「実は、頼み事があって」

いいかけたお紋を片桐が制した。

「相変わらず男ひとりの所帯、散らかっているが立ち話も何だ。まずは入ってくれ」

表戸の脇に片桐が躰をずらした。

土間からつづく板敷の奥に座敷のある、どこにでもある裏長屋のつくりだった。

「上がらせてもらいますよ」

声をかけてお紋が板敷の上がり端に足をかけた。

座敷に向かい合って坐ったお紋に片桐が問いかけた。

「深川の売れっ子芸者のお紋さんが、親代々の貧乏浪人の片桐源三郎《げんざぶろう》を訪ねてくる。しかも、まだ、五つ（午前八時）をまわったところ、遅出の職人なら、そろそろ出かけようという頃合いだ。しかし、夜の遅い稼業のお紋さんには、まだ瞼がくっつきそうな刻限のはずだが」

笑みをたたえて片桐源三郎が話しかけた。

「片桐さん、今日はお仕事はないんですか」

「昼過ぎから剣術の町道場の代稽古に出かけることになっている。本所の柾木《まさき》道場だ。一刀流の同門のよしみでな、まだかわいがってもらっている」

見る者のこころを柔らかく包み込むような、爽やかな片桐の笑顔だった。

粗末な木綿の小袖を身にまとっている。決して暮らし向きが豊かではないことは、その身なりからも推断できた。

が、黒々とした眉、奥二重《ぶたえ》の眼、細面《ほそおもて》の片桐源三郎は、役者にしてもいい男ぶりだった。

えてしていい男は、その姿形におぼれてまわりを冷たくあしらいがちだが、片桐は違った。長屋の住人たち、とくに子供たちから慕われていることからみても、その心根の優しさがわかるというものだった。

つねに他人《ひと》に気配りをして、まわりにいる者のこころに、ほのかな温もりを運んできてくれる。その優しさに、お千賀姐さんは惚れたんだ。目の前にいる片桐源三郎を見つめて、お紋は胸中でそうつぶやいた。

「どうしたんだ、神妙な顔をして。いつもの威勢のいいお紋さんらしくないぞ」

じっと見つめてお紋がつぶやいた。

「片桐さん、変わってないね」

しみじみとした口調だった。

今度は、片桐がお紋を見つめる番だった。

「何か、あったのだな。さっき頼み事があるといっていたな。いったい、どんなことなのだ、話してくれ」

「お千賀姐さんを助けておくれ。お千賀姐さんが、危ないんだ」

「お千賀さんが、危ないだと」

声を高めた片桐が身を乗りだした。

「実は」

武州屋が一昨夜、殺されたこと、やってきた分家筋の檜原屋が武州屋の商いをまかせろと迫り、お千賀を追い出しにかかっていること、檜原屋と話し合っているさなかに店の裏の木置場で付け火による火事騒ぎが起きたこと、などをお紋はつまびらかに話してきかせた。

一言の口もはさむことなく聞き終えた片桐源三郎が問いかけた。

「お千賀さんが武州屋を追い出されそうになっているのか」

「そうなんだよ。檜原屋はほんとに厭な奴なんだ。傲慢《ごうまん》で強引、狙ったものは、どんな手立てを尽くしても手に入れようという、とんでもない野郎なのさ」

「お千賀さんは武州屋に義理立てしているのだな」

「義理立てしてるとか、そんな角張った話じゃないのさ。お千賀姐さんのお腹のなかには武州屋さんとの間にできた子が宿っているのさ」

「お千賀さんは、身重だというのか」

はっ、と気づいたお紋が、あわてて口元を掌《てのひら》で覆った。

いうべきことではなかった、とのおもいがお紋にあった。片桐源三郎はいまも独り身だった。まだ、お千賀へのおもいを断ち切っていない。お紋は、片桐を一目みたときに、そう感じとっていた。

根拠があることではない。しいていえば、男と女の色恋の真似事も売り物のひとつになっている、芸者稼業で培《つちか》ってきた触覚に似たものが働いた、というべきだろう。

「そうか。お千賀さんは、身重なのか」

つぶやいて片桐が眼を閉じた。

息苦しいまでの閑寂《かんじゃく》が、その場を覆った。

しばしの間があった。

ふう、と息を吐いて、片桐が眼を見開いた。

じっと見つめて告げた。

「お紋さん、おれには、お千賀さんを助ける義理はない」

「片桐さん」

「考えてもみてくれ。お千賀さんは、おれを捨てて武州屋の金の力に負け身請けされた、憎んでも憎みきれない女なのだ。助けるなど、そんな気は、さらさらない」

「片桐さんとお千賀姐さんは、二世《にせ》を契《ちぎ》った仲じゃないか。あたしゃ、姐さんから聞いてるよ。武州屋さんから身請けの話が出たとき、後添えにおさまるのだ、おれのような明日のわからぬ貧乏浪人のことなど忘れて、幸せになるのだ、と渋るお千賀姐さんの背中を押したのは、片桐さん、おまえさんじゃないか。一緒に逃げてくれ、と迫ったお千賀姐さんを追い返したのは、片桐さんじゃないか。姐さんは、あたしは片桐さんに捨てられたも同然だ、と泣いていたんだよ。泣く泣く武州屋さんのところに行ったんだよ、姐さんは」

「年季明け間近だったお千賀さんは、小商人だったお父っさんの商いが失敗し、多額の借金を背負ってしまった。その借金を返すために、さらに八年もの年季奉公をする約束で抱え主に、再び身を売ったんだ。おれには金はない。金を稼ぐ手立てすらおもいつかない情けない、能なしの、しがない浪人者だ。武州屋に身請けされるほうが、お千賀さんにとって、あと八年も芸者として働かされるよりは、ずっと幸せだ、とおもったのだ」

「お千賀姐さんは、芸を売る芸者だった。時と場合によっちゃ躰を売る芸者もいるが、姐さんは違った。年季奉公するときも、芸だけを売る芸者として年季奉公するという文言《もんごん》が証文に書き込まれていたんだ。所帯を持つまで八年も待てない、と片桐さんからいわれたと姐さん、泣いていたんだよ。で、追い詰められて逃げようと迫ったんじゃないか。あたしにはわかる。お千賀姐さんは、いまでも、片桐さんのことを、想ってるんだよ。こころのなかには、いつも、片桐さんが、住んでいるんだ」

ふたたび片桐が眼を閉じた。

ややあって、見開いた眼を膝に落として、口を開いた。

「埒《らち》もないことを。すべて、終わったことだ。いまさら、想っているの、こころのなかに住んでいるのなど、何の意味もないこと。すべて、むかしのことなのだ」

顔を向けて、冷たく言い放った。

「お紋さん、帰ってくれ。お千賀さんの話を聞いて、おれは気分が悪くなった。早く、帰ってくれ」

「片桐さん、おまえさんて人は」

「帰ってくれ。帰らないと叩き出すことになる。急いでやらねばならぬことをおもいだした。おれは、忙しいのだ」

拳《こぶし》を握りしめた片桐に、

「見損なったよ。頼まれたって、こんな薄情者の住まいなんかにいてやるものか」

裾を蹴立てて、お紋が立ち上がった。

空を見据えたまま、黙然と片桐は坐り込んでいる。

四

材木問屋は貯木池のまわりに集まっている。安次郎を連れた錬蔵は、河水楼での寄合に出た材木問屋に軒並み聞き込みをかけるつもりでいた。

このところ冷たい風が吹き荒れていた。が、この日は風もなく、降りそそぐたおやかな陽光が、陽差し以上の温かさを道行く人たちに感じさせている。

貯木池の水面も、鏡のように滑らかであった。小波《さざなみ》のひとつも立っていない。

ふと錬蔵は足を止めた。

貯木池のあちこちに木置場が点在している。その木置場をつないで橋が架けてあった。重なり合ってみえる木置場と橋々の向こうに洲崎の土手道がみえる。土手道には、松の木が枝ぶりを競って点々と立ちならんでいた。眼界から外れてはいるが、その向こうには江戸湾が広がっている。

この貯木池の風景が錬蔵は好きだった。貯木池も木置場も、江戸湾を埋め立てたり、残せるところはそのまま生かして残した、すべて人の手によってつくり出されたものであった。

もともと富岡八幡宮から江戸湾寄りの町々は、埋め立てて出来上がった土地だった。

それが、むかしから、この地にあったかのように存在している。海を大地に変える、はかりしれない人知と、人知を受け入れる大地の度量の大きさに、鏈蔵はたとえようのない感慨をおぼえているのだった。

貯木池の傍らにしばし立ち止まった鏈蔵に安次郎が声をかけることはなかった。安次郎もまた、この木置場の情景が好きだった。点在する岡場所の華やいだ、刺激的でさえある景色に疲れたときにみる木置場の、いかにも閑寂な鄙《ひな》びた様子は、深川らしい風景のひとつでもあった。

顔を向けて鏈蔵が安次郎に声をかけた。

「行くか」

「もう少し、ぼんやりと見ていたい気もしやすが、行きますか」

微笑んで安次郎が応えた。

歩きながら鏈蔵が背後の安次郎に話しかけた。

「まずは丹沢《たんざわ》屋からはじめるか」

「あっしは旦那の腰巾着。どこへ行くにも旦那のいいなりで」

軽口を叩いた安次郎に、

「口うるさい腰巾着だが、ないと困るのが巾着だ。これから先も頼りにしてるぜ」

「大船に乗った気でまかしといておくんなさい。もっとも、みかけだおしの泥舟かもしれやせんがね」

揶揄《やゆ》した口調の安次郎に、

「泥舟はお互いさまかもしれぬぞ」

めずらしく錬蔵が軽い口調で応じた。が、振り向くことはなかった。その眼は数軒先にある材木問屋〈丹沢屋〉に据えられている。

丹沢屋は久永町の、武州屋から数軒先の、亥《い》ノ堀川に架かる福永橋寄りにあった。

丹沢屋の前で立ち止まった錬蔵は、安次郎を振り返った。

「丹沢屋の聞き込みが終わったら、島崎町の倉賀野《くらがの》屋、三好町の天城《あまぎ》屋、茂森町の鶴《つる》峯《みね》屋へまわるつもりだ。深川大番屋支配、大滝錬蔵が聞きたいことがあるので後ほどうかがう。事件がらみのことなので、本日は外出を控えて御支配の訪れを待つように、とつたえに走ってくれ。つたえ終わったら、丹沢屋へもどってきて店の者におれがいる座敷へ案内してもらえ。店の者には、おれを訪ねて岡っ引きの親分が来るので案内してくれ、と言い置いておく」

「わかりやした」

顎を引いた安次郎が踵《きびす》を返した。

歩き去る安次郎から丹沢屋に眼をうつした錬蔵は、店へ向かって足を踏み出した。

丹沢屋へ入っていった錬蔵は土間を畳敷きへ向かってすすんだ。

帳場に坐っている番頭風の五十がらみの男に声をかけた。

「深川大番屋の大滝錬蔵だ。丹沢屋の主人に聞きたいことがある。取り次いでくれ」

顔を上げた番頭が、

「大滝さま、といえば、鞘番所の御支配さま」

とつぶやき、あわてて立ち上がった。小走りに近寄ってきて錬蔵の前に正座し、頭を下げながら、

「御支配さま自らのお出ましとは、恐れ入ります。てまえ主人に取り次ぎますので、まずはお上がりくださいませ」

上がり端に錬蔵が歩み寄った。

先に立った番頭は、店の奥にある商い相手を通す座敷を通り越して、離れの間に錬蔵を案内した。

床の間付きの座敷の上座に錬蔵を坐らせた番頭は、開けられた戸障子の廊下側に座

り直し、「暫時、お待ちくださいませ」

両手をついて丁重に頭を下げ、戸障子を閉めた。

ほどなくして、廊下側から戸障子ごしに声がかかった。

「丹沢屋でございます。入らせていただきます」

「御苦労」

応えた錬蔵の声に呼応したかのように戸障子が開けられ、丹沢屋が入ってきた。戸障子を閉め、向き直って両手をつき、深々と頭を下げる。ずんぐりむっくりした体軀の、いかにも小狡《こずる》そうな細い眼がよく動く、五十半ばの男だった。顔を上げて口を開いた。

「丹沢屋の主人の伍吉《ごきち》でございます」

「深川大番屋の大滝錬蔵だ。先夜、河水楼で開かれた寄合について聞きたい」

「一昨夜、武州屋さんが何者かに殺されたと聞きましたが、その一件に関わるお調べでございますか」

聞いてきた丹沢屋に錬蔵が、

「武州屋のこと、もう知っておるのか」

「誰かに恨みを買った上でのことと、もっぱらの噂でして」

「誰かに恨みを買っていただと。武州屋を恨んでいた者がいるのか」

「いないといったら嘘になります。なにしろ武州屋さんは、若い分、勢いにまかせての強引なやり口がお好きでしてな。商い仲間の仁義にも筋にも無頓着な、儲け本位のお人でした。同業の者のなかには武州屋がいなくなったら商いがやりやすくなる、と喜ぶ者も多数いるはずで」

「それは穏やかではない話。武州屋のこと、もう少し聞かせてくれ」

眼をぎらつかせて丹沢屋が話し出した。

「かくいう私めも、武州屋に煮え湯を呑まされた口でございますよ。一度ならず二度、三度と得意先を横取りされました」

「そういうことなら武州屋には敵が多かったろうな」

「商売仲間の何人かから、武州屋を殺してやりたいとおもったということばを聞いております。もっとも、酒の上の、その場かぎりの話でございますが」

「武州屋が殺されたと聞いたとき、どうおもった」

「誰がやったのだろうとおもいましたが、すぐ思い直しました。武州屋を憎いとおもっていても、殺して捕らえられたときのことを考えたら、店はもちろん、自分の命までも失いかねない。材木問屋として店を構えている者なら、そんな馬鹿なことはするまいとね」

「たんなる商売敵《がたき》、商い上の勝ち負けは日常茶飯事のこと。恨みにはおもうが、それ以上のことは何もない。そういうことだな」

「左様でございます。商いは戦も同然。勝ち負けは時の運、と割り切るようにしております」

どうやら丹沢屋は武州屋を嫌っているようだった。

半刻（一時間）ほどして安次郎が番頭に連れられて座敷にやってきた。

それを潮に丹沢屋を後にした錬蔵は、倉賀野屋へまわるべく島崎町に足を向けた。

歩きながら錬蔵が安次郎に問いかけた。

「噂話を聞き込んできたのか」

「わかりやすか」

「おれが向かうということだけをつたえにいくにしては、時がかかりすぎたからな」

「店先で手代をつかまえて、さりげなく、という程度の聞き込みでしたから、たいしたことは聞き込めませんでしたが」

「武州屋が殺されたことは、もう、つたわっていたか」

「人の口には戸は立てられないの譬《たと》えどおり、倉賀野屋、天城屋、鶴峯屋と、まわった先の店の者はほとんど知っていたようで」

「武州屋の評判はどうだった」

「それが、あまりかんばしくないんで」

「よくないというのか」

「商いのやり口が強引で、一緒にやろうと始めた商いでも、いつのまにか出し抜かれている。話し合って上手に儲けを分け合うということができない相手、というのが、おおかたのところでして」

「それでは、殺されても当たり前ぐらいのことを口走る者もいたであろうな」

「そうなんで。ああいう、あくどい商いをつづけていたんじゃ、どこかで恨みを買って、いずれ殺されることになりかねないという噂が、あちこちから聞こえてきたという手代がおりました」

「どこの手代だ」

「これから行く倉賀野屋の手代で」

「そうか」

手代がそういうことを話すようでは、倉賀野屋も丹沢屋同様、武州屋のことをよくいうまい、と錬蔵はおもった。

久永町の町家が切れたところを亥ノ堀川沿いに左へ折れ、幾世橋などふたつの橋を渡って、扇橋町と島崎町の境に倉賀野屋はあった。倉賀野屋の裏手には広大な木置場が広がっている。三好町と島崎町を断ち切るように一万五千石の大名、堀家の下屋敷があった。

その堀家の裏手に荷車が三台通れるほどの幅の、木置場へ通じる倉賀野屋だけが使う道がのびている。

倉賀野屋は、武州屋と身代を競い合う大店《おおだな》であった。

店先で安次郎が手代をつかまえ、主人へ取り次ぐようつたえた。段取りは、すでについていたらしく手代に案内されて奥へ行くと、すでに倉賀野屋が下座に座して、錬蔵と安次郎を待ち受けていた。

倉賀野屋もまた、武州屋が殺されていたことは知っていた。

が、倉賀野屋の武州屋に対する評価は、錬蔵が予測していたものとは大きく違った。

武州屋の先代とは、気があって深い付き合いをしていたと前置きした、白髪頭の倉賀野屋は、

「武州屋さんは急ぎ過ぎたんですよ。先々代のお祖父さんが武州屋の身代を長男と二男坊のふたりに均等に割った。武州屋の身代を元の大きさにもどそうと、先代が身を粉《こ》にして働いたのを見て育った当代の武州屋さんは、先代のお父っつぁんが果たせなかったことを自分の代でやり遂げようと遮二無二働きつづけ、その夢を叶えた後、それまでの勢いのまま、さらに身代を増やそうとした。それが、強引なやり口の商いに走ったもとでしょう。商いは戦。勝ちつづけなければ生き残れないのが商人でございます」

話し終えて、眼をしばたたかせた。

半刻ほど倉賀野屋から話を聞いた錬蔵は、

「造作をかけたな」

と声をかけ、安次郎とともに席を立った。

倉賀野屋を出た錬蔵は、従う安次郎に声をかけた。

「天城屋へ行く前に木場町の自身番に寄ることにしよう。お千賀が武州屋の骸を引き取りに来たかどうか知りたい」

「骸を引き取っていたら今夜が通夜ということになりやすね」

「通夜となると何かと大変なはずだ。昨夜の火事騒ぎのこともある。何が起きるか、わからぬ」

「用心するにこしたことはありやせんね」

うむ、とうなずいて錬蔵は歩きつづけた。

木場町の自身番にふたりが顔を出すと、初老の番太郎が壁に背をもたれかけて居眠りをしていた。

にやり、として安次郎が錬蔵に、

「声をかけて番太郎に気まずいおもいをさせちゃ可哀想だ。あっしが知恵をしぼりやすぜ」

「まかせよう」

笑みを含んで錬蔵が応えた。

表戸に手をかけた安次郎が、表戸を開けるや派手に表戸を揺らして、荒々しく閉めた。

音に驚いた番太郎が、びくり、と躰を震わせて目覚めた。

顔を向けた番太郎が錬蔵と安次郎に気づいた。

あわてて立ち上がった番太郎に錬蔵が、

「通りすがりに立ち寄っただけだ。白洲に降りてこなくともよい。武州屋と駕籠舁ふたりの骸は、どうした」

「今朝方、武州屋さんも駕籠松さんも骸を運んでいきました。調べごとが残っていたのでございますか」

不安そうに番太郎が問いかけた。

「調べごとはない。骸を受け取りに来たかどうかたしかめにきただけだ」

番太郎に告げた錬蔵が眼を向けた。

「安次郎、武州屋へ向かってくれ。天城屋と鶴峯屋へは、おれひとりで行く」

「わかりやした」

浅く腰を屈めて安次郎が応えた。

天城屋、鶴峯屋と錬蔵は相次いで聞き込みをかけた。

寄合で話し合われたこと、商売仲間で敵味方の関係にあるのは誰と誰か、商い上で武州屋に煮え湯を呑まされた者、武州屋を恨んでいる者に心あたりはないかなど、錬蔵は矢継ぎ早に問いかけ、それなりの話を引き出していった。

聞き込みの結果、河水楼の寄合は、いわゆる商売仲間の親睦を深めるためのもので商いにかかわる話は出なかった、ということがわかった。

武州屋については、丹沢屋、倉賀野屋、天城屋、鶴峯屋の四人は、

「商いのやり口が強引だ」

と異口同音にいっていた。

が、倉賀野屋と天城屋、丹沢屋と鶴峯屋の武州屋に対する評価は、ふたつに割れた。

「商いは戦。どんな手段をとられても文句はいえない」

とする倉賀野屋、天城屋と、

「あのやり方をつづければ恨みを買って当然。いつ殺されても仕方がない」

と酷評する丹沢屋、鶴峯屋とにである。

最後に訪れた鶴峯屋を錬蔵が出たときには、すでに陽は落ちていた。

茂森町は貯木池の一角を埋め立ててつくられた町であった。鉤型《かぎ》に建ちならぶ町家の裏手は木置場であり、貯木池沿いの河岸道の江戸湾側に浮島とも見える木置場が五つ、横並びにつくられていた。木置場は、すでに重なり合った黒い影と化して、貯木池から浮き立っている。

昨夜と違って、風がなかった。その分、温かな気がする。自分橋の手前を左に折れた錬蔵は、聞き込んだ事柄をひとつひとつ結びつけてはほどいて、さらに共通する事

柄を結びつけるという作業を脳裏で繰り返しながら歩みをすすめた。

武州屋は行く手に見える崎川橋を渡ると、ほどなくのところにあった。

思案を重ねながら、錬蔵は歩きつづけた。

五

武州屋の店先には白黒の幔幕《まんまく》がかけられ、出入りする多くの通夜の客が見うけられた。歩み寄っていく錬蔵の眼に、出入りする客を見張っているのか、襟に武州屋との文字が白く染め抜かれた半纏《はんてん》を羽織った安次郎と政吉の姿が飛びこんできた。

やってきた錬蔵に気づいて安次郎が近寄ってきた。

「いまのところ怪しい奴は見当たりません。相変わらず檜原屋が大きい顔をして仕切ってますがね」

「焼香をしながら、さりげなく様子を見てみよう。お紋はお千賀のそばについているのだな」

「お紋には、何があってもお千賀さんのそばを離れるな、といってあります」

「見張りを怠るな。昨夜、襲ってきた強盗頭巾たちが近くに潜んで襲撃の機会をうかがっているかもしれぬからな」

「そこんとこは抜かりなく。政吉にも、気を抜くなと耳に胼胝《たこ》ができるほど言い聞かせておきやした」

「政吉も、こんなことになるとはおもってもいなかったろうな」

「ところが、意外とけろりとしてやして。探索事は大好きなんで、見世で主人の顔色をうかがっているよりずっと楽。できれば、このまま鞘番所の下っ引きをつとめさせてもらいたいぐらいだ、なんて軽口叩きやがって。ほんとに可愛くない野郎で」

ことばとは裏腹、安次郎の眼が笑っている。

「おれは頃合いを見て引き上げる。悪いが今夜は武州屋に泊まり込んでくれ」

「端から、そのつもりで」

小さく頭を下げて安次郎が応えた。


焼香をすませた錬蔵がお千賀に近寄り、小声で話しかけた。

「檜原屋の姿がみえないようだが」

「通夜に来られたお客さまのなかで懇意なお方がいらしたらしくて別間で話をしておられます」

「お紋に、お内儀のそばにいるようにいっておいたのだが」

「檜原屋さんが、身内でもない者が喪主のそばに控えて焼香してくれた方々に親戚面をして挨拶するのはおかしい、と強硬に言い張られまして」

視線をお千賀は末席の方に走らせた。

一番後ろの、目立たぬところにお紋が険しい顔つきで坐っていた。ちらり、ちらり、と錬蔵とお千賀を見やっている。

「今夜は安次郎を泊まり込ませる。何かあったら政吉か、お紋を大番屋へ走らせてくれ」

「わかりました」

深々とお千賀が頭を下げた。

歩み寄って錬蔵がお紋に声をかけた。

「変わったことはないか」

「檜原屋がお千賀姐さんにみょうなことをいってました」

「みょうなこと」

小さく首を傾げて錬蔵がつづけた。

「場所を移そう。話を聞かせてくれ」

無言でお紋がうなずいた。

「檜原屋が『お千賀、わしはおまえが武州屋から出ていかざるを得ないような秘め事を知っている。そのうちに表沙汰にする』といったというのか」

「ぎらぎらした獣めいた、厭な目付きで、脅すようにね。檜原屋の奴、ほんとに、いけすかないいったらありゃしない」

問うた錬蔵に、顔をしかめてお紋が応えた。

通夜の席から、さらに奥へ入りこんだ人気《ひとけ》のない廊下で、錬蔵とお紋は立ち話をしている。

ややあって、錬蔵がお紋に問いかけた。

「檜原屋がいっている秘め事について、お千賀に心当たりはないのか」

「通夜の忙しさにかまけて、まだ、そこらへんの話はしてないんですよ」

「すべて通夜と弔《とむら》いが終わってからのことになりそうだな」

「おそらく、そういうことになるんでしょうね」

「気になることがあったら、どんな些細なことでもおれにつたえてくれ」

「そこんところは、よくわかってますよ。とにかく、何か起こりそうな気がしてならない。どうなるんでしょうね、これから」

「おれにも、わからぬ。何が起こってもあわてぬよう備えておく。それしか手立てはないのだ」

「たしかに、それしかないですね」

「とりあえず、おれは大番屋へ引き上げる。安次郎が武州屋に泊まり込むよう手配してある」

「大丈夫かしら、竹屋の太夫ひとりで」

「安次郎の剣の腕前はなかなかのものだ。用心棒の役割は十分に果たしてくれる」

「何か起こったら、鞘番所に駆け込みますからね」

「そうしてくれ」

無言でお紋がうなずいた。


庭から店のまわりへと見廻り、異常がないのを見届けて錬蔵が武州屋を出たときには五つ（午後八時）をまわっていた。

貯木池沿いの道には人の往来はなかった。武州屋の通夜に出向いた者たちも、すでに引き上げたのだろう。

青海橋を渡りかけた錬蔵は、なかほどで足を止めた。つけてくる者の気配があった。

刀の鯉口を切りながら錬蔵はゆっくりと振り返った。

町家の陰から数人の強盗頭巾が現れた。

「武州屋を出たときから尾行に気づいていた。おれは深川大番屋支配、大滝錬蔵。どうやら、人違いではなさそうだな」

「その通りだ。人違いではない」

背後から声がかかった。

目線の端に数人の強盗頭巾の姿をとらえた錬蔵が、穏やかな口調で告げた。

「青海橋を渡りかけたとき、待ち伏せにも気づいた」

警戒の視線を走らせながら錬蔵が、悠然と動いて橋の欄干を背にした。

「それほど、おれが邪魔か」

「邪魔だ」

待ち伏せていた頭格とおもえる強盗頭巾が吠えた。

その声を合図に強盗頭巾たちが一斉に大刀を抜き連れた。

柄に手をかけたまま、錬蔵は大刀を抜こうとはしなかった。

「死ね」

強盗頭巾たちが青海橋の左右から突きかかった。

槍襖《やりぶすま》と化した切っ先が、まさしく紙一重の間で錬蔵に迫った。

三章　城狐社鼠《じょうこしゃそ》

一

強盗頭巾たちが錬蔵の胸元を狙って、一斉に大刀を突きだした。

その切っ先が錬蔵の胸に突き立ったとみえた瞬間……。

地に伏したか、錬蔵の躰が一気に沈み込んだ。

両膝を縮め、上体を橋板と平行に折り曲げた錬蔵の腰間から、鈍色《にびいろ》の光が迸《はし》った。

ほとんど間を置くことなく、突きを入れた強盗頭巾たちの躰が、左手に位置した者から相次いで揺らいだ。

刹那《せつな》。半円のなかほどにいたふたりの強盗頭巾が、脚に体当たりでも喰らったか、斜め後方、左右に跳ねて飛んだ。

間髪を容れず、錬蔵はもといたところと反対側の欄干《らんかん》を背に立ち上がっていた。居合抜きの、迅速《じんそく》極まる横薙《な》ぎの一刀を振るうなり斜め前方に転がった錬蔵が、ふたりの強盗頭巾を弾き飛ばしたのだ。

大刀を、錬蔵は右下段に置いた。

ぐらり、と傾いだ強盗頭巾たちが、躰の重みを支えきれなくなったのか、一挙に倒れ込んだ。いずれも両足の臑《すね》が深々と断ち割られていた。骨ごと断ち切られているのか、溢れ出た血に塗《まみ》れた骨が剝《む》き出しとなっているのが、夜目にもはっきりとわかった。

頭格の強盗頭巾が声を高めた。

「三和無敵《さんわむてき》流に伝わる、秘剣〈脚斬り〉。貴様、その技、どこで会得した」

せせら笑って錬蔵が応えた。

「見立て違いもはなはだしい。おれが修めた鉄心夢想《てっしんむそう》流の隠し技、秘伝〈居合臑断ち〉。敵の戦う力を一気に削《そ》ぎ、二度と剣を持てぬ躰とする、いわば禁じ手の技。可哀想だが、あ奴らは、向後、まともに歩くことさえできぬだろう」

「おのれ、仲間の敵討《かたきう》ちだ。許さぬ」

逆上した残った強盗頭巾のふたりが左右から斬りかかった。

右下段から大刀を逆袈裟に振り上げてひとりの脇腹を切り裂いた錬蔵は、躰を捻《ひね》りながら残るひとりを袈裟懸けに斬り伏せていた。

血飛沫《しぶき》を上げて、よろけたふたりが、そのまま欄干に寄りかかり、真っ逆様に貯木池の入り堀に落ちていった。水面に叩きつけられる音と水飛沫がふたつ、相次いで上がった。

一瞬、怯《ひる》んだのか強盗頭巾たちが一歩、後退った。

その機を錬蔵は逃さなかった。

大刀を八双に置くや、錬蔵は一気に頭格に向かって斬り込んでいった。

頭格が、錬蔵の袈裟懸けの一撃を正眼から受けた。鍔《つば》迫り合いとなった。

が、それもわずかの間だった。駆け寄って斬りつけた錬蔵の勢いが勝ったのか、頭格と錬蔵の体勢が入れ替わった。

頭格が手にした大刀にさらに力を込めようとしたとき、錬蔵は頭格の脇腹に肘打ちをくれていた。

わずかに呻いた頭格は歯を食いしばって激痛をこらえ、錬蔵の次なる攻撃に備えた。

が、錬蔵の動きは頭格の予測を大きくはずれたものだった。

後方へ飛んだ錬蔵は、頭格や強盗頭巾たちに油断のない目線を注ぎながら一気に後退った。

斬りかかられても刃の届かぬ間合いに達したとき、錬蔵は踵《きびす》を返した。背中を向けて走り去っていく。吉岡橋を駆け抜けた錬蔵は、そのまますすみ、亀久橋を渡った。

貯木池沿いの通りを亀久町、大和町と行き、永居橋を渡ると三十三間堂町の岡場所となる。そこは見世見世の明かりが華やかさを競う紅灯《こうとう》の巷《ちまた》であった。

逃げ去る錬蔵を追おうとした強盗頭巾たちに、頭格が声高に告げた。

「追うな。手前にある木置場の蔭になって見えぬが、亀久橋を過ぎたら船饅頭《ふなまんじゆう》たちの商い舟が、あちこちに浮いている。岡場所で斬り合うのと同じことになるのだ。人目につく町中での斬り合いは避けねばならぬ」

強盗頭巾のひとりが問いかけた。

「斬られた連中を医者に担ぎ込まねばなりますまい。この場に残すとわれらの正体を探る手がかりになります」

「まかせる。手配りしてくれ」

「承知しました」

「おれは、引き上げる」

「万事、抜かりなく」

頭を下げた強盗頭巾に一瞥《いちべつ》をくれた頭格が、悠然と吉岡橋へ向かって歩き去っていく。

見送った強盗頭巾が青海橋に目を向けた。橋板に横たわった臑を斬られた強盗頭巾たちが呻き声を上げ、激痛にのたうっている。

二

深川大番屋へもどった錬蔵は、松倉と小幡が住まう長屋へ向かった。門番から同心四人が、すでに大番屋へ帰っていることは聞いている。

表戸を開けるなり、奥へ声をかけた。

「大滝だ。松倉と小幡、悪いが、すぐ支度をととのえて、おれと一緒に出かけてくれ」

着流しのくつろいだ姿の松倉と小幡があわてて出てきて、板敷から土間に降り立った。

松倉が聞いてきた。

「御支配、急な出役とは何事ですか」

「武州屋の通夜に出た帰り道で強盗頭巾の一団に襲われてな。数人ほど斬って捨てた。ふたりは貯木池に落ち、生き残った者が助けて連れていっていなければ、残りは青海橋の橋板の上に横たわっているかもしれぬ。何らかの手がかりになるはず。怪我人たちを大番屋へ運び込みたい」

耳を傾けていた小幡が、

「溝口さんと八木さんにも、つたえてきます」

と錬蔵の脇を通り抜けて、溝口たちの長屋へ走った。

「私は小者たちと荷車の手配に」

出ていこうとした松倉に錬蔵が、

「小者と荷車の手配はおれがする。松倉は出かける支度にかかれ。溝口たちとともに門番所の前に集まるのだ。急げ」

「それでは、おことばに甘えて支度にかかります」

小さく頭を下げて、松倉が背中を向けた。

表戸を閉めた錬蔵は、前原の長屋へ向かおうとして足を止めた。前原の聞き込み先は、やくざたちであった。やくざの一家の賭場の一隅に坐り、出入りする客たちの噂話に聞き耳を立てていることが多い、と前原から聞いている。聞き漏らしたが、門番は、前原が帰っている、とはいわなかった。前原には、七つになる佐知《さち》と、二つ違いの弟の、俊作《しゅんさく》というふたりの子供がいる。事件がらみで深川大番屋に住みついた、以前は女掏摸《すり》だったお俊《しゅん》がふたりの母親がわりになって、前原の長屋に同居していた。

すでに夜も更けている。お俊に前原への伝言を頼むか、ともおもったが、錬蔵は思いとどまった。声をかけて幼い姉弟を起こしては可哀想だ、とおもったからだ。

探索に明け暮れる深川大番屋詰めの暮らしである。そんな日々のなかで、無邪気にはしゃぎ、遊んでいる子供たちの声が聞こえてくると、張り詰めた殺伐としたものが、一瞬ほぐされるような気がして、こころのやすらぎをおぼえる錬蔵だった。

急ぎ門番所に向かった錬蔵は、門番に大番屋に宿直として泊まり込んでいる小者たちに声をかけ、荷車二台を用意させるように下知した。

顎を引いた門番が小者たちの詰所へ走った。

呼びにいった門番と小者たちが二台の荷車を牽《ひ》いて門番所の前にもどってくるのと、松倉ら同心たちがやってくるのがほとんど同時だった。

集まった一同を見渡して錬蔵が告げた。

「向かう先は久永町と吉永町をつなぐ青海橋だ。急げ」

一同が大きく顎を引いた。

小走りでやってきた青海橋には怪我人の姿はなかった。

荷車を橋のたもとに止め、松倉たち同心と小者たちが橋板をあらためている。錬蔵は貯木池を眺めていた。風のない夜だった。凪《な》いでいる水面は暗く澱《よど》んでいる。

この暗さでは、貯木池に落ちたふたりの探索はむずかしいだろう。明朝、日が出てから始めるしかあるまい。錬蔵がそうおもったとき、溝口の声が上がった。

「欄干の際《きわ》に人の足首が転がっておりますぞ」

つづいて小幡が声高にいった。

「ここにも転がっております。臑のなかほどから見事に断ち切られております」

振り向いた錬蔵に溝口が聞いてきた。

「凄まじいまでの太刀筋。剣術、柔術、居合、杖《じよう》術、薙《なぎなた》刀術、縄術と武芸十八般を網羅し、合戦における戦うための技である剣術の本来の姿をつたえる三和無敵流に脚斬りの秘剣がつたえられていると聞き及んでおります。御支配は、三和無敵流の修行も積まれたのですか」

一刀流皆伝の業前の溝口は剣客としての興味にかられて、おもわず問いかけたのだろう。

「三和無敵流がどういう剣術の流派かも知らぬ。欄干を背にしたおれを囲んだ数人が一斉に突きかかってきたから、身を沈めて横薙ぎの居合い斬りを浴びせた。無我夢中で為したことだ」

あえて錬蔵は鉄心夢想流に禁じ手としてつたわる秘剣〈居合鵬断ち〉には触れなかった。

剣を振るって戦う。このことは、命のやりとりをすることに通じる。戦って足を断られ、動くことすらおもうにまかせぬ不自由な躰になった剣客が、その後の日々をどう暮らしていくか。並大抵のことではあるまい。むしろ、一太刀で命を断たれたほうが辛い暮らしをつづけるよりずっと楽かもしれぬ。錬蔵はそうおもうのだ。

「二本の足は、どこぞの寺に頼んで、墓場の隅にでも埋めてもらうがよい」

「わたしが見廻りの途上、揺海寺《ようかいじ》に立ち寄り、住職の行心《ぎょうしん》和尚に頼んで埋めてもらいましょう」

声を上げた溝口に、

「行心和尚なら快く引き受けてくれるだろう。おれが、よろしくいっていたとつたえてくれ」

笑みをたたえて錬蔵が応えた。

事件の探索にからんで悩みに悩み抜いた溝口は、一時、姿をくらまし揺海寺に身を寄せたことがある。その折り、行心は何ひとつ問いただすこともせず、溝口を揺海寺に受け入れてくれたのだった。飄々《ひょうひょう》として、分け隔てなく人と接する行心は、駿河《するが》国田中藩四万石城主の親戚筋にあたる者でもあった。

「この暗闇では、舟を出して貯木池に落ちたふたりを探しだすのは無理だろう。明朝、おれと小幡が、小者たちとともに探索にあたることにする。引き上げるぞ」

下知した錬蔵が歩きだした。うなずいた一同が後につづいた。

歩きながら錬蔵は、誰が強盗頭巾の一味に命じて襲わせたか、考えていた。武州屋の木置場に火をつけた強盗頭巾たちと同じ一味かどうか、錬蔵はまだ断じかねている。

脳裏に、今日聞き込みをかけた丹沢屋、倉賀野屋、天城屋、鶴峯屋の顔が相次いで浮かんだ。間を置いて、檜原屋の傲慢な顔がつづいた。

いずれも、大黒柱の主人を失った武州屋の屋台骨を揺るがそうとして、謀略をめぐらす輩《やから》のようにおもえた。

商いは戦だ、と言い切っていた。戦に情けは無用。邪魔者は消す、と考えてもおかしくない。だとすれば、まず手始めに武州屋に肩入れしているとみえる錬蔵を始末しよう、と性懲《しょうこ》りもなく刺客を放ってくることは十分に考えられた。どういう手立てを打ってくるか、錬蔵には予測もつかなかった。いつ襲ってくるか、相手の出方を待つしかあるまい。錬蔵はそう腹をくくった。

通夜の忙しさも一段落した武州屋の奥座敷で、お千賀とお紋が向かい合っていた。思い詰めた顔つきで坐ったお千賀に、お紋が問いかけた。

「お千賀姐さん、いったい、どういうことなんだい。人気《ひとけ》のないところで話がしたいと小声で呼びかけて奥座敷までつれこんだりしてさ」

じっとお千賀がお紋を見つめた。思い詰めた陰鬱なお千賀の顔つきだった。

「お紋ちゃん、実は、檜原屋さんがいっていたことは、根も葉もないことじゃないんだよ」

「檜原屋さんがいっていたことというと、お千賀姐さんが武州屋から出て行かざるを得ないような証があるという、あの話かい」

無言でお千賀がうなずいた。

「そのことを知っているのが、源三郎さん、片桐源三郎さんとお兼《かね》さんのふたりなんだよ」

「お兼さんというと、お千賀姐さんが抱えられていた置屋〈柳花屋《りゅうか》〉の下働きをやっていた婆さんかい」

「源三郎さんやお父っつぁんがらみのことで何かと面倒をかけたお人さ。口ではいえないほど、親身になって世話してくれたんだよ」

「お兼さんが、源三郎さんにからんだ内緒事にかかわっているというんだね」

「そうなんだよ。そのことを誰にもいわないでくれと、あたしがいっていたとお紋ちゃんからお兼さんにつたえてほしいんだよ」

「わかった。固く口止めするように頼み込んでくるよ。明日、朝一番に柳花屋へ出向いて、お兼さんに会って頼んでくる」

「それと源三郎さんにも、同じことを頼んでほしいんだよ。いまも、むかしと同じ長屋に住んでるから、そこを訪ねてさ」

「お千賀姐さん、まさか、姐さん、時々、片桐さんの長屋の近くまで出かけていってたんじゃないだろうね」

「未練者だと笑っておくれ。お紋ちゃん、あたしゃ、いまでも源三郎さんのことを忘れられないんだよ」

突然、お千賀を睨みつけてお紋が腹立たしげな声を上げた。

「片桐なんて、あんな薄情者、頼りにならないよ。あんな情けない男を、いまでも想っているなんて、姐さん、馬鹿だよ。ほんとに馬鹿だよ」

食い入るようにお紋の顔を見据えたお千賀が、

「お紋ちゃん、まさかおまえ、今度のことで、あたしに黙って源三郎さんに会いに行ったんじゃないだろうね」

「会いに行って悪いかい。お千賀姐さんが困っている。助けてやってくれ、と頼みにいったのさ。そしたら、あの薄情者、何といったとおもう。助ける気はないと、けんもほろろの扱いなのさ。姐さんが、武州屋さんの子を宿しているっていうのにさ」

「源三郎さんに、あたしが身重だってことまでいったのかい。そんなこと、いわなくたっていいじゃないか」

「いっちまったんだから、仕方ないじゃないか。その話を聞いた途端、あの薄情者、急に冷たい態度になって。許せないよ」

「違う。それは違うよ、お紋ちゃん。源三郎さんはそんな人じゃない。あたしにはわかる。わかるんだよ。源三郎さんは、そんな薄情者なんかじゃない。あたしには、わかってるんだよ。あの人は、源三郎さんは、心根の優しい、いつまでもこころに住みついている、あたしのいい人なんだよ」

嫌々するように首を振り、お千賀が強く目を閉じた。その目の端から大粒の涙がみるみる溢れでて、こぼれ落ちた。

「お千賀姐さん」

息を呑んだお紋が、凝然とお千賀を見つめている。

三

白雪を冠がわりに、富士山が雲の上に浮いている。

澄み切った青空に頂《いただき》の雪の白さが浮き立って見えた。陽差しが冬のわりには強く感じられる。昨日につづいて風もなかった。そのせいか、春の気候に似た温かさが町々を包み込んでいる。

貯木池に舟が二艘、浮かんでいた。一艘には錬蔵が、もう一艘には小幡が乗り込んでいる。

常磐屋に錬蔵が声をかけ、万七と木場人足数人に持ち舟二艘を借り受けたのだった。

万七たち木場人足が中鳶を水中に突っこんでは、引っ掛かってくるものがないか探っている。

貯木池に舟をだしてから半刻（一時間）はとうに過ぎていた。

「大滝さま、骸《むくろ》はどこかに流されたんじゃねえんですかい」

聞いてきた万七に錬蔵が、

「昨夜来、風はなかった。流されるはずがない」

首を傾げた万七が、何かに気づいたらしく錬蔵に顔を向けた。

「入り堀だ。大滝さま、青海橋の下は、貯木池から入り堀に水が流れ込む河口がわりになっておりやす。ひょっとしたら、その流れに乗って骸が流れ込んだんじゃねえかと」

うむ、と錬蔵がうなずいた。

「万七、貯木池を仕事場にしているおまえの勘だ。その勘に乗せてもらおう。狙いをつけたところへ舟を回してくれ」

「わかりやした」

満面を笑み崩して、万七が大きく顎を引いた。船頭に声をかけた。

「青海橋の下をくぐって入り堀へ舟を漕ぎ入れてくんな。中木場の富島橋近くに、亥ノ堀川から入り堀へ流入した流れと、貯木池からの流れが合わさって澱《よど》んでいる一角がある。天候や風の強弱で、日によって澱んでいる一角は少しずつ変わっていくんだが、だいたいのあたりはついている。骸は、そこらへんに沈んでいると狙いをつけているんだ」

「狙い通りにいくといいんだがねえ、万七兄哥《あにい》」

にやり、として木場人足の仲間が櫓《ろ》を握った。

「何をいってやがる。万七さんの目に狂いはねえやな」

腕まくりして万七が胸を張った。

ふたりのやりとりを錬蔵が笑みをたたえて見やっている。

土地《ところ》の者は、広大な木場を、木場町の一帯を本木場、扇町を中心とした一角を中木場、茂森町のある貯木池界隈《かいわい》を下木場と呼んで、おおまかに区分けしていた。

さすがに万七は木場で働いている男だった。

ふたりの浪人の骸は富島橋の橋桁《げた》に引っ掛かっていた。

富島橋の下に舟を漕ぎ入れ、中鳶で橋桁を探っていくうちに骸の袴の帯に中鳶の先が引っ掛かったのだった。

浮き上がってきた骸を見るなり錬蔵が声を上げた。

「お手柄だぞ、万七兄哥。木場を庭代わりにしている男だけのことはある」

「兄哥は勘弁してくださいな。大滝さまに兄哥といわれるたびに、照れを通りこして恥ずかしさに身が縮み上がりますぜ」

そういって万七が頭を掻いた。

骸は、ふたつとも富島橋の橋桁に引っ掛かっていた。

舟に引き上げた骸は強盗頭巾をかぶっていなかった。おそらく水の流れが強盗頭巾を剝ぎ取ったのだろう。が、強盗頭巾はかぶっていなくとも錬蔵は、おのれの振るった太刀筋をよく覚えていた。

骸の躰に残る刀疵《かたなきず》を錬蔵があらためた後、一体を小幡の乗る舟に移した。

「昨夜、おれを襲った強盗頭巾に間違いない。骸を岸に運び上げろ。身元がわかるものを身につけていないかどうか、裸にして調べ上げる」

「わかりやした」

下知した錬蔵に船頭がうなずき、棹《さお》で橋桁を突いた。

慣れた手つきで船頭が櫓を操っている。

まもなく常磐屋の船着き場であった。

船着き場に接岸した舟から、万七ら木場人足と小者たちが骸を岸へ運び上げた。

小幡たちの舟に乗せた骸も岸に移した。小者に命じて、ふたつの骸の身につけていたものを剝ぎ取り、錬蔵は調べつづけた。が、身元を知る手がかりとなるものは、何ひとつ見出せなかった。

探索はただの徒労に終わった、とのおもいが錬蔵に残った。

貯木池に落ちたふたりを、強盗頭巾の一味が、なぜそのままにしておいたか、錬蔵はその理由がわかったような気がした。手当をすれば命が助かる見込みのある者だけを強盗頭巾たちは連れ去ったのだろう。

ひとつの疑問が錬蔵のなかに生じていた。錬蔵の振るった居合斶断ちの一撃を受けて傷ついた強盗頭巾たちは向後、剣を振るうことはできないはずだった。恢復《かいふく》しても杖を突いて、やっと歩くことしかできない者たちを助けても何の益もないだろうに。

そう思いいたったとき、錬蔵に閃《ひらめ》くものがあった。

（怪我人を、その場に捨て置けないほどの触れ合いが、強盗頭巾たちにはあるのだ）

その付き合いがどれほどのものか、手がかりのひとつも摑めていない錬蔵には推測すらできなかった。

強盗頭巾たちが、命を的に狙った獲物に襲いかかる一味であることは間違いない。いわば人殺しの悪党たちであった。その悪党たちが、傷ついてもはや役に立たなくなった仲間を助けていずこかへ連れ去るなど、ありえないことと錬蔵にはおもえた。

が、現実に起こっていることなのだ。強盗頭巾の動きを読み解くべく思案を重ねながら、錬蔵はふたつの骸を見つめて凝然と立ち尽くしていた。

四

芸者置屋の柳花屋の表戸を開けたお紋は、土間に足を踏み入れ声をかけた。

奥から返事があり、応対に出てきたのは顔見知りの芸者だった。起き抜けなのか化粧気のない顔に眠気が残っている。

「お兼さん、いるかい」

問いかけたお紋に芸者が応えた。

「お紋姐さんがお兼さんを訪ねてくるなんて、朝っぱらからどういう風の吹き回しですか」

「なあに、ちょっとした野暮用があってね」

「お兼さんのことなら、こっちが聞きたいくらいですよ。昨日の昼間、用足しに出かけたきり音沙汰がないんだから」

「昨日から帰ってきてないのかい、お兼さんは」

「お陰で大迷惑してますのさ。飯炊きに菜づくり、掃除に洗濯と、みんな慣れぬ手つきで天手古舞《てんてこま》いしている真っ最中なんですよ」

「どこにいったのかね、まさか事件に巻き込まれて、悪い奴らに拐《かどわ》かされたんじゃ」

「まさか。人のいいだけが取り柄の婆さんを拐かしても一文の得にもなりませんよ」

「たしかにそうだね。お兼さんが帰ってきたら、あたしが用があるといって訪ねてきたとつたえておくれ」

「いっときます」

「それじゃ、よろしくね」

笑いかけたお紋に、

「お兼さんが帰ってきたら、すぐお紋姐さんのところにいかせますよ」

笑みを返して芸者が応えた。

柳花屋を出たお紋は、数歩すすんで足を止めた。

振り返って柳花屋を見やったお紋は、首を傾げた。

身寄りのない身だから、柳花屋でしくじったら、あたしゃどこにも行くところがないんだ。あたしにとっちゃ柳花屋は死に場所といっても決して言い過ぎじゃない、終《つい》の棲家《すみか》なんだよ、とお兼から聞いたことがある。住み込んで十数年になるお兼は、い

ままで一晩も柳花屋を留守にしたことがなかった。置屋の親方の久造《きゅうぞう》も、

「お兼さんは柳花屋の主だ。おれが居ないときは、お兼さんを親方がわりとおもえ」

と、つねづねいって信用しきっている。

そのお兼が、芸者のことばを借りるなら、

「昨日の昼間、用足しに出かけたきり音沙汰がない」

ような、いい加減なことをするとは、お紋にはとてもおもえなかった。

柳花屋を終の棲家とまでいっていたお兼が、用足しにでかけたきり帰らないなどということが起こるはずがなかった。どう考えても、お兼は何かの事件に巻き込まれたとしかおもえない。鞘番所に行って大滝の旦那に相談するべきだ。そう腹を決めたお紋は、鞘番所に向かって足を踏み出した。

が、数歩行って、お紋は再び足を止めた。話を聞いた錬蔵がお兼の行方を追うと決め、鞘番所の同心たちを動かしたら、お千賀と片桐源三郎の秘め事が表沙汰になる恐れがあることに気づいたからだった。

「どうしよう」

おもわずお紋はつぶやいていた。

正直いって、途方に暮れていた。

「大滝の旦那のことだ。あたしが命がけで頼み込んでも、表沙汰にすれば一件落着のための証となるかもしれぬことをお紋ひとりのために握り潰すわけにはいかぬ」

と応えるに決まっている。

自分の信条を梃子《てこ》でも曲げない、頑固一徹で融通の利《き》かない世渡り下手の人だから、あたしの気持なんか斟酌《しんしゃく》してくれないよね。時には融通のひとつも利かせてくれてもいいのに。こころでいって、ふんと小さく鼻を鳴らしたお紋は、足下にあった小石を軽く蹴り飛ばした。転がっていった小石が、道の窪みにはまって止まった。動かなくなった小石をお紋はぼんやりと眺めた。

しばしの間があった。

無意識のうちに微笑みを浮かべていた。

(けど、頑固一徹で、不器用な、世渡り下手のところに、あたしは惚《ほ》れたんだ)

そう考え直してお紋は、溜息をついた。

ひとりでお兼を探すと、お紋は腹をくくった。お兼の行方が知れないことをお千賀につたえ、ふたりで話し合えばいい知恵が浮かぶかもしれなかった。踵を返してお紋は歩きだした。いったん住まいにもどり着替えてから武州屋へ向かうと決めていた。

武州屋にお紋が足を踏み入れると、弔《とむら》いにやってくる客に備えて、奉公人たちが忙しく立ち働いていた。頼まれてもいないのに早々とやってきた檜原屋が、武州屋の主人顔をして奉公人たちに細かく指図している。

　店先にはお千賀の姿はみえなかった。出入りする客たちを見張っているのか、武州屋の印半纏を羽織った政吉が店の前に立っていたのをおもいだしたお紋は、入ったばかりの店のなかから外へ出た。檜原屋が顔を出している。お紋が留守にしていた間に揉め事があったのかもしれない。

　近づいてきたお紋に気づいて政吉が浅く腰を屈めた。お紋が話しかける。

「政吉さん、どうだね、様子は」

「檜原屋がやけに張り切って小うるさいのをのぞけば、特に変わったことはありません。安次郎さんは着替えに鞘番所にもどっています」

　目線を出入りする者たちに走らせながら政吉が応えた。

「お千賀姐さんは、いま、どこにいるんだろう」

「口を出すと檜原屋と言い合いになるんで、奥に引っ込んでいらっしゃいます。おそらくお紋さんと一緒に寝てる座敷だとおもいやすが」

「そうかい。じゃ、まっすぐ奥へ向かうことにするよ」

「檜原屋が眼を光らせてます。腹の立つこともあるかもしれやせんが、座敷でわけのわからぬ酔っぱらいをあしらうつもりで、まともに相手にならないほうがいいとおもいますよ」

「そうするよ」

微笑んでお紋が政吉のそばを離れた。

店のなかに入っていくと檜原屋が、陰険な目つきでお紋を睨《ね》め付けた。愛想笑いを浮かべたお紋が頭を下げて、何かいいたげな檜原屋に近寄らぬまま通り過ぎた。

不機嫌そうに目を尖らせた檜原屋が、いまいましげに大きく舌を鳴らした。その舌打ちを背中で聞きながら、お紋は奥へ通じる廊下を急ぎ足ですすんだ。

奥の座敷の戸障子は閉められていた。やってきたお紋は、戸障子ごしに声をかけた。

「お千賀姐さん、いるんだろう」

「遅かったね。待っていたよ」

なかでお千賀が応じた。

座敷に入ってきたお紋が坐る間も待てないように、お千賀が聞いてきた。

「お兼さん、承知してくれたかい、あたしの頼みを」

「それが、お兼さん、昨日、用足しで出たきり柳花屋にもどってないんだよ」

驚愕がお千賀の顔に浮いた。

「お兼さんが出たきりもどってないだって。そんなこと、あるはずがないよ」

発したお千賀のことばの語尾が力なくかすれた。

「あたしにも信じられないのさ、お兼さんが断りもなく柳花屋を一晩、留守にするなんて、ありえないことだよ。何かあったに決まってる」

「何があったんだろう。お兼さん、誰かに拐かされたんじゃ」

「誰がお兼さんを拐かすのさ。いっちゃなんだけど、お兼さんは住み込みで、多少の小金は貯め込んでいるかもしれないけど、いつも粗末な着古した木綿の小袖を身につけている、みるからに貧乏ったらしい婆さんだよ。そんな婆さんを拐かして、誰が得をするというんだね」

「聞きだそうとしているんだ。あたしと源三郎さんの昔の秘め事を、お兼さんに喋らせようとしているんだ。そうに違いない」

黙り込んだお千賀が、次の瞬間、はっと気づいて、

「檜原屋だ。檜原屋は昨夜、あたしが武州屋を出ていかなければならなくなるような証を摑んでいる、といっていた。檜原屋が、誰かを使って、お兼さんを拐かしたに違いない」

「そんな馬鹿な。檜原屋さんだって武州屋ほどではないけれど、それなりの構えの店を持った堅気《かたぎ》の材木問屋だよ。日々の暮らしには十分過ぎるほどの身代《しんだい》の持ち主だ。拐かしなんて御法度《ごはっと》に触れるようなこと、するはずないじゃないか。露見したら、捕らえられて島流しの罪に問われ、身代もろとも店までなくなっちまうんだよ。それに、お兼さんは帰っていないというだけで、行方知れずになったとも、ましてや拐かされたなんてことも、まだ何ひとつはっきりしたことはわからないんだよ」

ことさらに強い口調でお紋はいった。お千賀は身重である。わずかなことで気分が高まったり、すぐに沈みこんだりと、とかく不安定になりやすいときであった。甘やかしては、かえってよくない結果を招く。そう思案した上でのお紋の物言いだった。

「そうだね。お兼さんは年寄りだ。用足しに出かけた先で、にわかに気分が悪くなって、親切な誰かに面倒をみてもらってるかもしれないね」

「そうだよ。きっとそうに決まっている。お兼さんは、きっとあたしが探しだす。深川中を駆けずり回って、きっと見つけ出すよ。それまで、じっと待っていておくれな。果報は寝て待て、というじゃないか」

不意にお紋の手をとってお千賀が声を高めた。

「頼むよ、お紋ちゃん。いまのわたしはお紋ちゃんひとりが頼りなんだ。きっとお兼さんを探しだしておくれよ」

「まかしといておくれな。それより、身重の身だ。あんまり無理しちゃいけないよ。お腹の子大事の暮らしをこころがけるんだよ」

「お紋ちゃん」

握った手にお千賀が力を籠めた。握りかえしたお紋に、気がかりなことがひとつあった。お千賀と片桐源三郎の間に、どんな秘め事があるのか、なかみは一切聞かされていなかった。どんな隠し事なのか聞こうとしたお紋は、開きかけた口の動きを止めた。

目の前に、いまにも溢れ出さんばかりの涙で瞳をうるませたお千賀の顔があった。見つめたお紋の口から漏れたのは、聞きたかったこととは、一切かかわりのないことばだった。

「大丈夫だよ。あたしがついてる。何も心配することはないよ」

泣き出しそうな顔でお千賀が無理矢理、微笑みを浮かべた。

五

万七たち木場人足や二艘の舟を快く貸してくれた常磐屋に礼をいった後、錬蔵は入り堀から引き上げた骸を乗せた荷車を小者たちに牽かせ、小幡ともども深川大番屋へ引き上げた。

骸の顔には見覚えがなかった。

が、錬蔵や小幡が見知らぬ顔だとしても、手がかりになるかもしれぬ骸を、どこぞの寺に無縁仏として葬《ほうむ》るわけにはいかなかった。聞き込みにまわっている前原が大番屋に引き上げてきたら顔あらためをさせよう、と錬蔵は考えている。

やくざたちを主な聞き込み先として、前原は探索をつづけている。連夜、やくざの一家が開帳する、あちこちの賭場へ出入りしては噂をひろってくるのも前原の務めであった。

金欲しさに人斬りもいとわぬ無頼《ぶらい》の浪人とみえるふたりである。賭場に出入りしていてもおかしくない、と錬蔵は推測していた。

大番屋に引き上げた後、牢屋の土間に骸を横たえておくように小者に命じた錬蔵に、大番屋にいるはずのないおもいもかけぬ男が声をかけてきた。

「旦那」

「安次郎か。武州屋にもどらなくともいいのか」

近寄ってきた安次郎が、

「着替えを終えて、武州屋へ向かうつもりで表門まで行ったとおもってくだせえ。そこに北川町の自身番の番太郎が駆け込んできた。何事かと聞き耳をたてたら、どうにも気になる知らせだったんで、それで旦那の帰りを待つことにしたという次第でして」

「気になる知らせ？」

「北川町にある万徳《まんとく》院で、境内《けいだい》の欅《けやき》の大木の枝に太縄を結びつけて、老婆が首を縊《くく》っているという話でして」

「境内で老婆が首を縊ったというのか」

深川では、よくある話であった。首を吊らないまでも、ひとり暮らしの身寄りのない老爺、老婆が餓死しているのが裏長屋で頻繁に見出されている。

岡場所が点在し、華やかにみえる深川は、一本裏道に入ると、とても人の住めるところではないとおもわれる、掘っ立て小屋とさほどかわらぬつくりの長屋があちこちに建てられていた。貧民が住み暮らすそんな一角では、飢えた若者や十歳を過ぎたくらいの子供たちが、ひとり暮らしの老人を狙って押し込み、金目のものを奪うだけではあきたらず命まで取るという事件が後を絶たなかった。

「あまりの貧しさに明日の暮らしをはかなんで首を吊ったのだろう、と話を聞いたときには、そうおもいやした。が、知らせに来た北川町の番太郎は、そこらの岡っ引きも顔負けの男でして」

「首吊りではない、というのか」

「そうなんで。首を吊った骸は必ず鼻から鼻汁を垂らし、尿で着ている物の腰から下を濡らして、糞をひりだして地面を汚しているものだ。が、この婆さんの骸はそうじゃない。どこかで殺されて万徳院の境内の欅の木の枝に首吊りをしたようにみせかけて、ぶらさげられたんだ、と門番に訴えているんで」

北川町の番太郎のいうとおりだった。脱糞、脱尿がみられないとすると、老婆がどこかで殺されて万徳院に運ばれ、欅の木で首吊りしたように見せかけられた、という推測が成り立つ。

さらに、安次郎がつづけた。

「老婆の首吊り死体がみつかった万徳院では、そのほかにも妙なことが起きているんで」

「何が起きたというのだ」

「奉納された絵馬が消え失せているというんですよ」

「絵馬が盗まれたのか」

「おそらく」

しばしの間があった。

顔を上げて錬蔵が安次郎に問うた。

「番太郎は帰したのか」

「そこんところは抜かりなく。門番所に留め置いておりやす」

「番太郎に声をかけて連れてこい。一緒に万徳院に向かう」

「わかりやした。すぐ手配しやす」

門番所へ向かって安次郎が走った。


万徳院では、僧侶たちが気味悪そうに欅の大木にぶら下がった老婆の首吊り死体を見上げている。

北川町の番太郎を案内役に、安次郎、小幡、小幡の下っ引きたちと荷車を牽いた小

者を引き連れた錬蔵が万徳院に入ってくるのに気づいた年嵩《としかさ》の僧が駆け寄ってきて、

「お役人、早く老婆の死体を下ろしてやってください。このまま晒《さら》しては仏が可哀想だ」

と哀願した。

が、錬蔵は、

「探索上の段取りもあること、しばらくこのままにしておく」

とにべもなく撥ね付け、さらに、

「奉納された絵馬が消え失せたと聞いているが」

と問いかけた。

「数枚を残して、ほとんどの絵馬がなくなっております。盗まれたとしかおもえませぬ」

首を傾げた僧が、さらにことばを重ねた。

「しかし、それぞれの願いをこめて奉納された絵馬など盗んで何の得があるのか、合点がいきませせぬ。それゆえ、盗まれたのではなく、ただのいたずらではないのかと思い直したりしております」

「後で調べる。まずは、老婆の首吊り死体をあらためるが先だ」

欅の木の下の、ぶら下がった死体を見上げられるところに錬蔵は足を止めた。

よほど苦しかったのか、断末魔《だんまつま》の形相《ぎようそう》凄まじく老婆は目を剝いて息絶えていた。首吊りなら、口から長々と舌がのびている。その舌が見えなかった。

「これは、首を吊ったのではないな」

控えていた番太郎が声を上げた。

「それでは、あっしの見立ては間違っていなかったので」

「お手柄だ。よく気づいてくれた」

番太郎をねぎらった錬蔵が、金縛りにあったかのように老婆の顔に見入っている安次郎に気づいて眉をひそめた。

「どうした、知り人か」

「どこかで見たような気がするんで。それも岡場所がらみのところで」

さらに凝然と見据えて、安次郎が呻《うめ》いた。

「苦しさのあまり、すっかり人相が変わっている。たしかに見知った顔なんだが。ええい、焦《じ》れってえな、どこで会ったんだっけ」

「お紋なら知っているのではないか」

呆気にとられた安次郎が咎《とが》める口調でいった。

「この骸をお紋にあらためさせるんですかい。旦那、そりゃ、ちょっと、やめたほうが」

「仏の身元を調べるためだ。すぐお紋を連れてきてくれ」

「あっしゃあ、あんまり気がすすみやせんね。他の者に頼んだらどうです」

そっぽをむいて安次郎が応えた。

「早く行け。万が一、骸がお紋の知り人だったら、慰め役は安次郎、おまえしかおらぬのだぞ」

派手に舌を鳴らした安次郎が、

「これだ。あっしが声をかけて連れてきたほうがお紋も気安くこれる、というんでしょう。わかりやした。行きますよ」

「聞き分けたら早くしろ。時が移る」

「いつものことながら、人使いが荒いお人だ」

口を尖らせた安次郎が背中を向けた。

半刻（一時間）ほどして、お紋が安次郎とともに万徳院にやってきた。黒の小袖を身につけているところをみると、弔いの席を抜けてきたのだろう。

「首を吊っている。顔あらためをしてくれ」

声をかけた錬蔵に硬い表情でうなずいたお紋が、老婆の死体を見上げた。

その瞬間、お紋の顔が驚愕に凍りついた。

「知り人か」

問いかけた錬蔵のことばも、お紋の耳には届いていなかった。

よろけるように数歩すすんだお紋が、喘《あえ》ぐように呼びかけた。

「お兼さん」

棒立ちとなったお紋が、身じろぎもせず、首を縊ったお兼の死体を見つめている。

四章　寸進石退《すんしんせきたい》

一

「お兼さん」

呼びかけて、数歩お紋が歩み寄ったとき、錬蔵の声がかかった。

「骸《むくろ》を下ろせ」

その下知に、小者が欅の木に足をかけるや身軽に登っていった。

太縄の一端を縛りつけた木の枝の付け根に腰を下ろした小者は、懐《ふところ》に手を入れ七首《あいくち》を引き抜いた。

匕首を手にした小者が、木の枝に腹ばいになり手をのばした。小幡が下っ引きの鍋次《なべじ》と平吉《へいきち》に向かって、

「骸を受け止めてくんな」

と命じた。

顎《あご》を引いた鍋次と平吉がお兼の骸の下まで行き、両手を前にのばして掴み合った。

「縄を切りますぜ」

声をかけた小者が、匕首を太縄に押し当てた。力を籠めると太縄が切れ、同時にお兼の骸が落下した。

躰を寄せ合うようにした鍋次と平吉が、受け止めた骸のあまりの重さに数歩よろけた。

「骸を横たえろ」

指図した錬蔵に向かって無言でうなずいた鍋次と平吉が、壊れ物でも置くように骸を地面に置いた。

傍《かたわ》らに膝をついたお紋が、お兼の骸を覗《のぞ》き込んだ。

骸の顔のそばで錬蔵が膝を折った。じっと骸を見つめながら問いかけた。

「知り人のようだな」

「お兼さん」

振り向きもせずお紋が応えた。

「お兼さんは、どこに住まい、どんな暮らしをしている人なのだ」

再び聞いてきた錬蔵をお紋が振り返った。

「置屋の柳花屋で十年以上、住み込みで働いている世話焼きの婆さん。柳花屋はお千賀姐さんが抱えられていた置屋さんですよ」

「お兼は、お千賀が抱えられていた置屋の奉公人だというのか」

「旦那、お兼さんをどうするんです、これから」

「骸を大番屋へ運び込む。骸あらためをしなければならぬ」

「骸あらため？　そんなことしないで、お願いだから、いますぐにでもあたしに骸を下げ渡してくださいな」

「それはならぬ。骸をあらためる。それが、いま、おれがやらねばならぬことだ」

「何のための骸あらためなんですか。お兼さんは自分で首を縊《くび》ったんでしょうに」

「違う」

「違う？　それじゃ、お兼さんは」

「これを見ろ」

お兼の首にまきついた太縄を錬蔵がゆるめた。首を一回りするように縄目の跡がついている。

喉もとに二ヶ所、鬱血《うっけつ》した跡なのか楕円型の青痣《あおあざ》がみえた。

じっと見つめたお紋が、

「これは」

と錬蔵に目を向けた。

「おそらく指の跡だろう。自分で首を吊ったのなら、首に縄をかけるときに使った踏み台が近くに転がっているはずだ。舌も、口からはみ出していなければならぬ」

「それじゃお兼さんは、殺されたとでもいうのかい」

「そうだ。首を絞められ、殺されたのだ。おれは、さっき、お兼の顎の下、首にふたつの痣があるのに気づいた。それで見やすいように太縄をゆるめた」

「あたしには、お兼さんが首を縊ったとしかみえなかった」

「一目見ただけでは誰しもそうおもうはずだ。お紋には悪いが、骸を木から吊したまま見せたら、どう見立てるだろうと試したのだ」

「旦那、試すなんて、そりゃあんまりだよ」

「悪かったな。が、おかげで誰もが首吊りだと見立てるだろうと、あらためて推量できた」

「旦那、こんなこと、これきりにしてくださいよ、後生だから」

「はだけた胸元を見たところ、お兼に目立つ傷跡はない。お兼を捕まえた連中は何かを聞きだそうとして折檻《せっかん》し首を絞めた。白状させたら、もう用はないとそのまま絞め殺したというところだろう」

「誰が、そんなひどいことを」

つぶやいたお紋の顔が、次の瞬間、凍《こお》りついた。

「まさか、こんなひどいことをするはずがない」

「心当たりがあるのか、殺した相手の」

問いかけた錬蔵に、首を大きく横に振ったお紋が、

「檜原屋さんが、お千賀姐さんを追い出しにかかってるんだ。それで、姐さんの昔を知っているお兼さんを責め立てたのかもしれない。ふと、そうおもったのさ。でも、檜原屋さんが、そんなことをするはずないよね。事が露見して捕まったら店も身代も洗いざらい失っちまうんだものね」

じっとお紋を見つめて錬蔵が告げた。

「昨夜、通夜の帰りに強盗頭巾の一団に襲われた。さいわいなことに、うまく切り抜けられた。誰かがおれを襲わせたのだ」

「檜原屋さんだというのかい、旦那を襲わせたのは」

「まだわからぬ。これから探索をはじめるところだ」

「お兼さんが殺されたとなると、お千賀姐さんの身も危ないってことになりゃしませ

んか」

「いままで以上に用心する。それしか手はあるまい」

眼を向けて、錬蔵がことばを継いだ。

「安次郎、お紋とともに武州屋へもどってくれ。用心棒をつとめるのだ。片時もお千賀のそばを離れるな。明日にでも前原を加勢に差し向ける。それと政吉を柳花屋に走らせ、親方にお兼が殺されたこと、お兼のことで聞きたいことがあるので、七つ（午後四時）ごろに大番屋へおれを訪ねて来るよう、つたえさせてくれ。政吉なら柳花屋がどこにあるか、知っているだろう」

「わかりやした。できれば、前原さんがいらっしゃるときに、あっしの着替えを持ってきてもらえればありがたいんですが」

「手配しとこう。弔《とむら》いのさなか抜け出してきたのだ。お紋は急いでもどったほうがよかろう」

心配顔でお紋が聞いてきた。

「お兼さんの弔いはどうしよう」

「柳花屋の親方と相談して決める。どうなったかは知らせる」

「お兼さんの弔いには、お千賀姐さんと一緒に必ず出ます。知らせを待ってますからね」

「その折りは使いを走らせる」

「きっとですよ」

無言で錬蔵がうなずいた。

二

大番屋へ引き上げた錬蔵は荷車に乗せて運んできたお兼の骸を、小幡や鍋次たちに牢屋へ運びこませた。

牢の前に横たえたお兼が身につけているものを鍋次と平吉が剝《は》ぎ取った。裸にしたお兼の躰を、膝を折った錬蔵が細かく調べ上げていく。

背中から尻にかけて割れ竹ででも叩かれたか、みみず腫《ば》れになった多数のどす黒い傷跡があった。皮膚が裂けたのか、滲んだ血が赤黒く固まっている。

傍らで、片膝をついてお兼を覗き込んでいる小幡が話しかけてきた。

「拷問になれた連中のやり口ですね。背中から尻にかけての、外からは見えにくい部分を叩いている」

「小幡の見立てどおりだ。裸にしなければわからないところだけを傷つりている。この傷跡からみて、おそらくお兼は半死半生の有り様だったに違いない。首を絞められたときは、もう意識が朦朧《もうろう》としていたかもしれぬな」

「しかし、何を聞きだそうとして責めたのでしょう。さっき、御支配とお紋さんの話を耳にはさみましたが、お兼は武州屋の内儀が芸者の頃、抱えられていた置屋の住込みの下働きだった由《よし》、武州屋殺しとかかわりがあるのかもしれませんね」

「決めつけぬほうがよい。思い込みに縛られると、背後に潜む真の魍魎《もうりょう》の姿が見えなくなる」

「心します」

「拷問した奴らがお兼から何かを聞きだそうとしたことはたしかだろう。お千賀に聞き込みをかけても自分の損になることは話すまい」

「御支配を襲った一味とお兼を殺した奴らは同じ仲間なのでしょうか」

さらに問うてきた小幡に、

「それを、いまから調べ上げるのだ」

立ち上がって錬蔵が告げた。

「お兼に着物を着せてやれ。もう少ししたら柳花屋の親方が来るだろう。おれは用部屋にいる。来たら声をかけてくれ」

「承知しました」

応えて小幡が頭を下げた。


用部屋へもどった錬蔵は文机《ふづくえ》の前に坐って腕を組んだ。

万徳院の僧侶が、奉納された絵馬のほとんどがなくなっている、盗まれたのかもしれない、といっていた。

そのときは、物好きな奴がいたずら心を起こして奉納絵馬を持ち去ったのだろう、とおもって調べを怠った。

首吊りしたお兼に気をとられていたからだ。

おれとしたことが何たる手抜きを。錬蔵のなかに忸怩《じくじ》たる思いがある。

なぜ絵馬のことが気になっているのか。錬蔵はそのわけを見出せずにいた。

悪党一味が、別の場所で殺したお兼を万徳院で首縊りをしたように見せかけたのには、それなりの理由があるはずだった。

お兼を殺したことを誰かにつたえるために骸を木に吊って晒《さら》した、と考えれば奉納された絵馬を盗み取っていくことにも何らかの意味があるはずだ。そう推理を押しすすめたとき、錬蔵のなかで閃《ひらめ》くものがあった。

武州屋のお千賀とお兼は十年来の知り合いだった。そのことはお紋がよく知っている。

もし悪党一味が、お千賀に、お兼を殺したことをつたえたいために首吊りを偽装して骸を晒し、奉納された絵馬を盗んでいったとすれば、どんな意味を持つのか。

「絵馬か」

無意識のうちに錬蔵は口に出していた。

万徳院に今一度、足を運んで、どんな絵馬が盗まれたのか、僧侶たちに聞き込みをかけてみよう。支配違いではあるが同心たちには見廻りの途上、散在する寺院に立ち寄らせ、奉納絵馬が盗まれていないかどうか聞き込みをかけさせる。この程度のこと、わざわざ寺社奉行にお伺いをたてることもあるまい。錬蔵はそう判断した。

今度のお兼の場合のように、寺社は寺社奉行にお伺いをたてることなく、直接、町奉行所の探索方に骸の片付けなどを依頼してくることがほとんどだった。

寺社内で起きた事件の調べについても、寺社が町奉行所にまかせた方がよい、と判断したときは、支配違いにはかかわりなく町奉行所に探索をまかせている。現実には、寺社の僧侶、神官が直接事件にかかわった場合にのみ、支配違いが問題になることが多かった。

文机に置かれた町方からの届出書に錬蔵が手を伸ばしたとき、戸襖ごしに小幡の声がかかった。

「御支配、柳花屋の親方がまいりました」

「牢屋へ連れて行き、親方にお兼の顔あらためをさせる。おれもすぐ行く」

「承知しました」

立ち去っていく小幡の足音が次第に小さくなっていく。脇に置いた大刀を手にとって錬蔵は立ち上がった。


柳花屋の親方は、久造という名の五十がらみの、四角い顔にぎょろりとした眼で、ずんぐりむっくりとした男だった。

牢の前に横たえたお兼をじっとみつめた久造は背後に立つ錬蔵を振り返って、

「お兼に間違いありません」

とだけいった。

「いますぐ骸を下げ渡してもよいが」

問いかけた錬蔵に、あわてて久造が顔の前で手を左右に振った。

「よく働いてくれましたが、お兼はあっしにとっちゃ赤の他人。弔いを出す義理はありません。身寄りのない身と聞いておりますし、粕番所で顔の利く、どこぞの寺に無縁仏として葬っていただきとうございます」

「弔いを出す気はないというのだな」

問うた錬蔵に、

「なにとぞ御上のお慈悲をもちまして、身寄りのないお兼を人並みに葬ってくださいませ。さっき申しあげましたとおり、無縁仏の扱いでけっこうでございます」

さらりとした久造の口調だった。深々と頭を下げたまま顔をあげようとしなかった。

「御支配、どうしますか」

困惑を露わに小幡が錬蔵に小声で話しかけた。

「そうよな」

ことばを切った錬蔵が、じっと久造を見つめた。

しばしの沈黙があった。

吐き捨てるように錬蔵が告げた。

「御苦労。引き上げてよいぞ」

「それでは、なにとぞ、よろしくお願い申しあげます」

顔をあげた久造が愛想笑いを浮かべて揉《も》み手をした。

お兼を一瞥《いちべつ》することもなく立ち去っていく久造を見送った錬蔵と小幡が、呆れ顔で顔を見合わせた。

用部屋へもどった錬蔵は文机に向かい、届出書の処理をつづけた。

見廻りから溝口がもどってきたら、ともに用部屋へ来るように小幡に下知してあった。

暮六つ（午後六時）を告げる時の鐘が鳴り終わってしばらくすると戸襖の向こうから声がかかった。

「御支配、溝口、参りました。小幡も一緒です」

「入れ」

応じた錬蔵は処理しきれなかった届出書を文机の脇に置いた。

文机から離れて、錬蔵は溝口と小幡と向かい合って坐った。

「見廻りに行く前に揺海寺へ出向き、行心和尚に二本の足を供養してもらいました」

復申した溝口に錬蔵が応じた。

「御苦労だった。行心さんにもうひとり弔ってもらいたい仏ができた」

「小幡から聞きました。武州屋の内儀が芸者の頃に抱えられていた置屋の下働きの老婆だとか」

「明朝一番に揺海寺へ向かい、和尚に頼んでみましょう。御支配からの頼みといえば、和尚は喜んで引き受けてくださるでしょう」

「ありがたいことだ。行心さんにおれが礼をいっていたとつたえてくれ」

「和尚が、たまには遊びに来るように御支配につたえてくれと仰有《おっしゃ》ってました。仏の弔いとはいえ、御支配が顔を出されるとなると和尚はきっと大喜びで話し込み、なかなか帰してくださらぬかもしれませぬよ」

笑みをたたえて溝口がいった。

「ここは、とことん甘えさせてもらうつもりだ。行心さんに弔いはできれば明後日にお願いしたいと頼んでみてくれ」

「承知しました」

笑みをたたえて溝口が顎を引いた。

門番に、
「前原が帰ってきたら用部屋へ顔を出すように」
とつたえてある。

三

武州屋が殺された日から、町名主が届け出た人別の出入りなどの書付の処置が滞っていた。文机の前に坐った錬蔵は山積みされた届出書の一枚を手に取った。届出書すべてに目を通し、案件ごとに指図書や認許書を書かなければいけない。これが意外に時間がかかった。さらに深川大番屋だけで判断できない案件は上申書をつけて町奉行所へ届け出、町奉行の指図を仰がねばならなかった。

廊下側から戸襖ごしに前原の声がかかったときは、五つ（午後八時）をとうに過ぎていた。

「その場で待ってくれ。顔あらためしてもらいたい骸が二体、牢屋に横たえてある。おれとともに牢屋へ向かってもらう」

立ち上がった錬蔵は刀架に架けた大刀を手に取った。

戸襖を開けると前原が立っていた。

「顔あらためする骸は何者でございますか」

問いかけた前原に廊下を歩きながら錬蔵が応えた。

「昨夜、おれを襲ってきた強盗頭巾をかぶった一味のふたりだ。斬り捨てたときに、ふたりが貯木池に落ちた。そのふたりを、今朝方、貯木池からつらなる入り堀を探って見つけ出し、大番屋に運び込んだ。もっとも舟に引き上げたときには、かぶっていた強盗頭巾はどこへ失せたか見当たらなかったが、斬った太刀筋でわかった。おれが斬ったのだ。太刀筋をみれば、すぐにわかる」

「如何様《いかさま》。御支配はそのふたりを無頼浪人と見立てられたのですな」

「そうだ。ふたりともおれの見知らぬ顔だった。が、やくざの一家の賭場に出入りしている前原なら見知っているかもしれないとおもったのだ」

「深川のやくざの一家にかかわりを持っている無頼の浪人なら、ほとんどの顔を見知っているつもりです。何しろ、毎晩、どこかの賭場に出入りしている身ですからな。以前、用心棒稼業をしていた頃と、あまり変わらぬ暮らし振り。時々ふと、いまも用心棒をやっているような気分になることがあります。あわてて、いや違う。いまのおれは深川大番屋支配の配下なのだ、と言い聞かせることもあるくらいで」

笑みを含んだ前原の口調だった。

「それでいいのだ。昔と同じ気分でいるから、やくざたちも以前と変わらぬ付き合いをしてくれる」

振り向いた錬蔵が前原に微笑みかけた。

牢屋に入ってすぐの壁際に、筵《むしろ》をかけられたふたつの骸が横たえられていた。

「これが浪人たちの骸だ」

やって来た錬蔵が骸の脇で立ち止まった。前原が牢の前に横たわる筵をかけられた塊《かたまり》に気づいた。

「あれは」

「お兼という芸者置屋〈柳花屋〉の奉公人だ。柳花屋は武州屋の内儀、お千賀が芸者をやっていた頃、抱えられていた置屋で、お兼は柳花屋お抱えの芸者たちの面倒をみながら飯炊き、掃除、洗濯と身を粉にして働いてきた婆さんだった。何者かによって殺され、首縊りしたかのようにみせかけて万徳院の境内の大木に吊されていた。知らせを受けて駆けつけ、骸あらためをするために大番屋へ運んできた。明後日にも弔いをするつもりだ」

「弔い？　大番屋で弔いを出すのですか」

「夕刻、柳花屋の親方の久造が、どこかの寺に無縁仏として葬ってくれ、といって帰って行った」

「そうですか。どこぞの寺に無縁仏として葬ってくれ、とね」

しばしの沈黙があった。ぼそり、と前原がつぶやいた。

「深川の岡場所にかかわって暮らす者たちの末路は、そんなものかもしれませぬな」

ちらり、と錬蔵が前原に眼を走らせた。前原の眼はお兼の骸に注がれている。ただでさえ細い眼を、さらに細めた前原の眼に、いいしれぬ寂寥《せきりょう》と哀れみが宿っている。

「骸をあらためますか」

声を上げて前原が浪人の骸のそばで膝を折った。ひとりめの筵をめくる。つづけて、ふたりめの筵をめくった。

ふたりの浪人の顔が剝き出しとなった。じっと前原が見つめる。

「どうだ。見覚えがあるか」

問いかけた錬蔵に顔を向けて前原が応えた。

「何度か見かけた顔です。火櫓《ひやぐら》一家の賭場に出入りしていました。賭場を仕切る代貸の豊松《とよまつ》と親しく話をしていたのを見かけたことがあります。後で、豊松から聞き出したところによると、何度か火櫓一家の用心棒を引き受けたことがあるようで」

「用心棒を頼んだことがあるというからには、豊松に聞けば、こ奴らの名と住まいはわかるはずだな」

「火櫓一家は佐賀町で連夜、賭場を開帳しています。豊松は親分にかわって賭場を仕切っています。いま行けば豊松はつかまえられるはずです。すぐ出かけて連れてきます」

「おれも行こう。大番屋支配が直々乗り込んでの呼び出しとなれば、豊松もいいたい文句も呑み込んで足を運んでくれるだろう」

「その方が何かと手間を省けます。御支配に余計な手間をかけさせて申し訳ありませぬが」

「用部屋にもどって支度をととのえる。深編笠をとってくるだけだ。門番所で待っていてくれ」

「それでは門番所にて」

向き直った前原がふたりの骸に筵をかけた。

深編笠を手にした錬蔵が歩いていくと、門番所の前で前原が待っていた。錬蔵に気づいた前原は、門番所に声をかけた。出てきた門番が表門の潜り口の扉を開けた。錬蔵が、つづいて前原が外へ出ると潜り口の扉がなかから閉められた。

歩みをすすめながら前原がいった。

「万年橋を渡って大川沿いに行き上ノ橋を過ぎれば佐賀町。火櫓一家は大川に面した船宿の離れを賭場に使っております。この船宿も火櫓一家が金を出してやらせている見世です。やくざがやらせている見世にしては揉め事のひとつも起こさめ、評判のいい見世でして。賭場も、裏手にある、船宿の客が使う木戸門とは違う、いかにも裏門といった風情の板屋根の片扉の木戸門から出入りするようになっています」

「火櫓一家もやくざとはいえ素人衆には迷惑をかけないように心掛けている一家だ。できるだけ穏便に事を運ぼう」

「そうしていただければ、後々何かとやりやすくなります」

応えた前原の顔に緊張がみえた。

火櫓一家の賭場の、板屋根の木戸門の前に立って前原が声をかけた。

「三吉《さんきち》、前原だ。扉を開けてくれ」

「ちょっと待っておくんなさい」

木の陰にでも隠れていたのか、二十歳《はたち》そこそこのやくざが姿を現し、なかから扉を開けた。

深編笠をかぶった錬蔵に気づいて三吉が、

「お連れさんがあるんで」

「金離れのいい極上の客だ。代貸に顔つなぎをしておきたい。いるだろ、代貸」

小声でいった前原が親指を立ててみせた。

「賭場が命の代貸でさ。いないはずがありませんや」

親指をたてて三吉が胸を反らせた。

賭場に入っていくと、賭場からつづく座敷の一番奥の壁際に陣取り、金箱を脇に置いて豊松が坐っていた。周りに若い衆数人が控えている。

歩み寄った前原が豊松に話しかけた。

「代貸、いつもながら大賑わいだね」

「こりゃ、前原の旦那。いつもより遅いお出ましで」

笑いかけた豊松に顔を近づけて前原が小声で告げた。

「実は代貸に御用があるというお人をお連れしたのだ」

「あっしに用が。どなたさんで」

「深川大番屋の御支配様さ」

「鞘番所の御支配さまが」

驚愕に顔を歪《ゆが》めた豊松に前原がことばを重ねた。

「ちょっと顔を貸してほしいとよ」

「前原の旦那、そいつはひどいよ。勘弁してくださいよ。あっしゃ何も悪いことは」

博奕場に眼をやった豊松が、

「いけねえ、しっかり賭場を開帳してらあ。旦那、おめこぼしを」

「おれもとりなしてやる。直接、御支配に頼め。入り口のそばで待っていなさる。深編笠をかぶったお忍びの姿だ」

「お忍びの姿での乗り込みで。大ごとにならなきゃいいが」

溜息まじりにつぶやいた豊松が目線を流した。

賭場の入り口近くの壁に背をもたせかけて、深編笠をかぶった錬蔵が坐っている。

おずおずと近寄っていった豊松が、揉み手しながら錬蔵に頭を下げた。

「実は、おまえに骸の顔あらためをしてもらいたいのだ」

そう錬蔵に告げられたときに、ほっと安堵して一挙に気が緩んだのか、半泣きしたようになった豊松に前原は笑い出したくなる衝動を懸命にこらえた。口をへの字に結んで、やたら肩をいからせて子分たちを睨みつけ、代貸風を吹かせている豊松の姿は微塵《みじん》もなかった。

「どこへでも、おおせのままについてまいりやす」

周りの眼を気にしながらも、豊松が精一杯の愛想笑いを浮かべた。

離れから外へ出た豊松に、浅く腰を屈めた三吉が声をかけてきた。

「代貸、どちらへ」

「前原の旦那や連れのお方と四方山《よもやま》話がしたくなってな。ちょっと近場へ出てくる」

「いつおもどりで」

「馬鹿野郎、三下のおめえに、いちいち帰る刻限まで話さなきゃならねえほどおれは落ちぶれちゃいねえや。みんなにおれがもどるまで待っていろとつたえておけ」

たっぷりと兄貴風を吹かせた豊松に、三吉が青菜に塩の体《てい》でしょげ返り頭をかきながら、

「余計なことをいっちまって、どうもすみません」

と、頭を下げた。

「気をつけろ。十年早い、おめえの物言いだぜ」

一睨みされた三吉が、あわてて開けた木戸門の扉を前原と錬蔵につづいて豊松が肩で風を切って通り抜けた。

先を行く錬蔵たちにぺこぺこと頭を下げながら豊松が、

「ほんとに気のきかねえ三下で。気を悪くなさらないでくださいまし」

と話しかけてきた。

「気にすることはない。おれは忍びだ」

応じた錬蔵に、

「ありがてえことで」

恐縮しきった口調で豊松が応えた。

それで話が途切れた。深川大番屋までの道筋で三人が口を開くことはなかった。

連れてこられた深川大番屋の牢屋でふたりの骸の顔を見た途端、豊松が声を高めた。

「増田さん、荒井の旦那。変わり果てた姿になっちまって」

豊松の傍らで膝を折って筵をめくった前原が、背後にたつ錬蔵と顔を見合わせた。

「その様子なら、骸のふたりのこと、知っているようだな」

問いかけた錬蔵を豊松が振り向いた。

「本所の一刀流、村崎《むらさき》道場の食客《しょっかく》で増田代五郎《だいごろう》さん、荒井定助《ていすけ》さんのおふたりで。時々、話の通じないやくざ者が火櫓一家に喧嘩を仕掛けてきやす。そんなときに用心棒に頼んでいる先生方で」

「村崎道場には用心棒を引き受ける増田たちのような食客や門弟たちが多数いるの

か」

「道場主の村崎貫八《かんぱち》先生はなかなかさばけたお方で、木場の大店の旦那衆ややくざの一家からの頼みを分け隔てなく引き受けてくださいやす」

「そういうことなら村崎道場の仲間同士でやりあうこともあるのではないのか」

さらに問いかけた錬蔵に、

「そこのあたりが村崎先生の実にさばけたところでして。敵方にまわった側が頼んできたら、きっぱりとお断りなさるんで。早い者順だ、と仰有ってね。それで村崎道場に用心棒を頼めなかったほうが敵方の一家に詫びを入れて喧嘩《でいり》がおさまったってことが何度もありやす。勝ち目のない勝負は誰だってやりたくねえ。当たり前の話ですがね」

「そうか、村崎貫八は早い者順に依頼を引き受けるのか」

用心棒稼業を繁盛させる、よい手立てかもしれぬ。早い者順と聞けば、二六時中、用心棒を務めてもらえるよう丸抱えできる多額の手当を、月々出す雇い主も出てくるだろう。錬蔵はそうおもった。

「豊松、御苦労だったな。引き上げていいぞ」

声をかけた錬蔵に拍子抜けしたような顔をして、

「もう、これでよろしいんで」

と聞いてきた。

「早く賭場へもどって稼業に励め。素人衆に迷惑をかけるなよ」

「素人衆には決して迷惑はかけません。親分から厳しく言い渡されております」

神妙に応えた豊松に前原が横から話しかけた。

「よかったな、豊松。いまのおことば、ありがたくおもえよ。御支配が、素人衆に悪さを仕掛けぬかぎり賭場の開帳には眼をつむると仰有ってくださったのだ。火櫓一家の賭場には鞘番所の手は入らぬということだぞ」

「それじゃ、お目こぼしをいただけるので。ありがてえ。お言いつけ通り決して素人衆に迷惑はかけません。ありがとうございます」

何度も豊松が深々と頭を下げた。


弔いの客が引き上げた武州屋の奥の座敷でお千賀とお紋が向かい合って坐っていた。

座敷に入ってくるなりお紋が、

「弔いの最中だったからいわなかったけど、実はお兼さんが殺されたんだ」

とつたえた。驚愕して、大きく息を呑んだお千賀は、

「お兼さんが、殺された」

とつぶやいたきり黙り込んだ。

そのまま息苦しいまでの沈黙がつづいている。

ことばをかけようとしてお紋は何度もおもいとどまった。

一言の呼びかけも受け付けぬ、とお千賀の焦点の定まらぬ、半開きの眼が告げていたからだ。

ことばをかけるきっかけも見つけられぬまま、お紋はじっとお千賀を見つめていた。

夜も更け、白々と空が明け初めた頃になっても、ふたりは身じろぎもせず坐っている。

四

翌朝、錬蔵は小幡と松倉、溝口、八木の住み暮らす長屋をまわって、見廻りに出る前に用部屋へ集まるようつたえた。

あえて錬蔵は、前原には声をかけなかった。昨夜、前原に、安次郎とともに武州屋のお千賀とお紋の警固につくよう命じてあった。頼まれていた安次郎の着替えは錬蔵が見繕《みつくろ》って前原に渡してある。泊まり込みの務めである。おそらく一件が落着するまで前原は長屋には帰ってこられないだろう。

母親がわりのお俊に、佐知と俊作のことで前原がいろいろと頼みたいこともあるはずだった。

いつも無理をさせるのに厭《いや》な顔ひとつせずよく働いてくれる。ありがたいことだ。錬蔵は胸中で前原に頭を下げた。

長屋では、取り揃えた前原の着替えをお俊が風呂敷に包み込んでいた。

台所からつづく板敷の間で、前原は佐知や俊作と朝餉《あさげ》を食している。お俊は早めに食事を終え、武州屋に泊まり込む前原の支度を始めたのだった。

食べ終えたのか、箱膳を佐知と俊作が抱えて土間へ降り立ち、台所の洗い場に歩いていく。

食べて汚した器は自分で洗うと、前原とお俊が話し合って決めていた。今日は姉の佐知が箱膳をふたつ運んでいった。務めで外に泊まることになる前原を気づかって、佐知が前原の食べた器を洗ってやるのだろう。

そんな佐知と俊作の様子を見やって、お俊はおもわず笑みを浮かべていた。

「お俊さん」

と前原の声がかかった。

振り向くと歩み寄っていた前原が前に坐りかけていた。

姿勢を正して前原が話しかけてきた。

「御支配の話だと、此度《こたび》の相手は安次郎ひとりではとても太刀打ちできない相手らしい。万が一のときには佐知と俊作のこと、成人するまで面倒をみてほしいのだ。御支配はああいう篤実な人柄、できうるかぎりの相談に乗ってくださるはずだ。くれぐれもふたりのこと、よろしく頼む。このとおりだ」

深々と前原が頭を下げた。

「よして下さいよ、そんなこと。佐知ちゃんや俊作ちゃんがみたら、みょうな心配するじゃないか。あたしゃ、ふたりのおっ母さんのつもりでいるんだよ。おっ母さんが子供の面倒をみるのは当たり前じゃないか」

「お俊さん」

「つまらない心配しないで早く出かける支度をしなよ。何たって男は仕事が一番だよ」

「お俊さん、すまぬ」

「何がすまぬだよ。いつもいってるだろう。あたしゃ佐知ちゃんや俊作ちゃんのおっ母さん同様の女だって。さあ、さっさと働きに出な。前原さんが稼いでくれなかったら、佐知ちゃんに俊作ちゃん、あたしまでもが明日、食べる米に困るんだ、死に物狂いで稼いできな」

「お俊さん、あんたってひとは」

細い眼が隠れるほどまで顔をくしゃくしゃにして、前原が無理矢理、笑い顔をつくった。

無言でお俊が微笑みを返した。


いつもは遅くとも五つ半（午前九時）には見廻りへ出る同心たちだった。

それがいま、四人揃って用部屋で錬蔵と向かい合っている。錬蔵が問うた。

「溝口、行心さんの返答はどうだ」

「お兼という老婆の弔い、喜んで引き受けさせてもらう。明朝、五つ（午前八時）頃から仏を葬る穴を掘るなど支度を始めて、四つ（午前十時）ごろから葬儀を執《と》り行うことにしたい、と仰有っていました。都合が悪ければ知らせてもらいたいとのことです」

「こちらから頼んだことだ。それでお願いしたいと行心さんにつたえてくれ」

「見廻りへ行く前に揺海寺に寄って和尚に御支配の返答をつたえます」

「そうしてくれ」

顔を向けて錬蔵がことばを重ねた。

「小幡、お兼の弔いのこと、武州屋へ出向いて内儀とお紋につたえてくれ。見廻りには、その後、向かえばよい」

「承知しました」

一同を見渡して錬蔵が告げた。

「集まってもらったのは新たに指図したいことがあるからだ。見廻りの途上、寺社に立ち寄って奉納された絵馬が盗まれていないかどうか聞き込んでもらいたいのだ」

首を傾げて松倉が聞いてきた。

「奉納絵馬が盗まれるなど、そんなことがあったのですか」

「お兼が首縊りを装って境内の大木に吊された万徳院で、絵馬のほとんどがなくなっていたのだ。盗まれたとしかおもえぬ」

口をはさんだ八木が合点がいかぬ様子でつぶやいた。

「絵馬など盗んで、何の得があるのだろう」

同じおもいなのか、同心たちが顔を見合わせた。

「何の得もないことをなぜやったのか、その理由《わけ》を知るために調べるのだ。もしも他の寺社でも絵馬が盗まれていたら、何らかの狙いがあって盗み出していると推断するべきだろう」

「たしかに」

応じて溝口が眼を光らせた。錬蔵がことばを重ねた。

「どうにも絵馬盗人《ぬすっと》のことが気がかりなのだ。見廻りからもどったら用部屋へ顔を出してくれ。みなが揃ってからでいい。おれは暮六つ（午後六時）までにはもどるつもりだ」

「承知しました」

応えた松倉につづいて溝口、八木、小幡が顎を引いた。

五

深編笠をかぶり小袖を着流したいつもの忍び姿で、錬蔵はゆっくりと竪川《たてかわ》沿いの河岸道を歩いていった。

亀戸《かめいど》の大根や荷を山積みした舟が、何艘も大川へ向かって漕ぎ上がっていく。

地誌『新編武蔵風土記稿』に、

〈菜は東葛西《かさい》領小松川辺の産を佳作とす。世に小松菜と称せり〉

と記された、産地の名を冠した青物、小松菜などを積んでいるのかもしれない。

ちなみに小松菜と命名したのは、鷹《たか》狩りに来た折りに食した餅《もち》入りのすまし汁に入れられた菜のあまりの美味しさにいたく喜んだ八代将軍徳川吉宗である。

途切れることなく漕ぎすすむ舟が大川を横切り、青物市場のある日本橋川の河口に吸い込まれていく様子を錬蔵は思い浮かべた。

たおやかな冬の陽差しが、舟の舳先《へさき》が切り裂いて跳ね上げる飛沫《しぶき》を燦《きら》めかせては揺らしていく。

昨夜、錬蔵は骸の顔あらためをした火櫓一家の代貸、豊松から村崎道場がどこにあるか聞いていた。

松井町一丁目の亀井屋敷近くの裏通りに面している村崎道場には、つねに三十人ほどの一癖ありげな浪人たちが、ある者は門弟、ある者は食客と名乗って住み暮らしている。顔ぶれの入れ替わりが激しい。おそらく用心棒という稼業柄、斬られたり、傷ついたりして役に立たなくなった者たちは道場から放り出されるのだろう、と豊松がいっていた。

そういうことなら、錬蔵と斬り合って十人近くは傷ついているはずである。

少なくとも、ふたりは欠けている。胸中で錬蔵はつぶやいた。

そう簡単に腕のいい浪人が見つけられるはずがない。いま村崎道場の戦力はかなり弱まっているはず、との読みが錬蔵にある。

「一手御指南願いたい」

と村崎道場に乗り込み一暴れして、さらに村崎道場の手勢を減らそうと錬蔵は考えていた。

おそらく錬蔵の顔を見知っている者もいるだろう。深川大番屋支配の大滝錬蔵が、単身、乗り込んできたことにたいして、道場主の村崎貫八や門弟たちがどういう対応をしてくるか、楽しみでさえあった。

亀井屋敷を通りすぎた錬蔵は二本目の三ツ叉を右へ曲がり裏通りへ入った。

数軒先に二百石どりほどの旗本屋敷をおもわせる門構えの村崎道場がみえた。

足を止めることなく門をくぐった錬蔵は式台の前に立った。深編笠をかぶったまま、よばわる。

「たのもう。一手御指南願いたい」

応対に出てきた月代《さかやき》をのばした三十半ばの浪人風が立ったまま、じろり、と錬蔵を見やった。

「まず深編笠をとって顔を見せろ。深編笠をかぶったままとは無礼であろう」

無言で錬蔵が深編笠をとった。

驚愕に浪人風が大きく眼を剝いた。

「貴様は」

浪人風の眼が、錬蔵のことを見知っていると告げていた。

浪人風の動きを封じるように錬蔵が声を発した。

「天下の素浪人、名無しの権兵衛《ごんべえ》。それで通したほうが何かとよかろう」

「名無しの権兵衛となあ。一介の素浪人だというのだな」

細めた浪人風の眼の奥に冷酷な、獣めいた光が宿った。

「名高い村崎道場の先生方に一手御指南を乞いに来たのだ。たがいに手加減なしにやりあいたい。名無しの権兵衛でよかろう」

皮肉な笑みが浪人風の片頰に浮いた。

「たがいに手加減なし、恨みっこなし、ということでよいのだな」

「そうだ」

「おもしろい。道場へ入れ」

草履を脱いだ錬蔵が式台に足を乗せた。

浪人風が先にたって歩いていく。錬蔵が悠然とした足取りでつづいた。

道場には肘枕をして横たわる者や敷物を囲んで湯呑み茶碗を壺代わりに賽《さいころ》を振って丁半博奕をやっている輩《やから》が群れている。

入ってきた浪人風が、

「道場破りだ。ありがたいことに名無しの権兵衛と名乗っているが。おれたちには馴染みの顔だ。手加減なしの勝負が望みだそうだ」

「名無しの権兵衛だと。ふざけた野郎だ」

「手加減なしとはおもしろい」

口々にいいながら無頼浪人たちが振り向いた。

姿を現した錬蔵に無頼たちの顔が強張った。大刀を手に一斉に立ち上がる。

目線を流して錬蔵が声をかけた。

「名無しの権兵衛でござる。一手御指南願いたい」

壁際に歩み寄り刀架棚に架けられた木刀を一本、手にした。

「おのれ、生きては帰さぬ」

ひとりが大刀を抜きはなった。それがきっかけとなった。

大刀を一斉に抜き連れた無頼たちが錬蔵を取り囲んだ。

「まずは木刀でお相手いたす」

いうなり錬蔵が打ちかかった。左の敵の右肩を叩き、そのまま木刀を返して右手から打ちかかった無頼の腕を打った。折れたのか、鈍い音を発した腕を押さえて右手から打ちかかった無頼が床に倒れ込んだ。

錬蔵が動きをとめることはなかった。左へ走り、上段に振りかぶって躍りかかった浪人ののどに突きをくれるや、血反吐《へど》を吐いて倒れ込む浪人とぶつかりそうになって動いた無頼浪人の脇腹を逆袈裟に打ち据えた。

瞬《また》く間に四人を打ち据えた錬蔵の早業に、残る浪人たちが度肝を抜かれて棒立ちとなった。

突然、錬蔵が手にした木刀を投げた。狙いたがわず木刀は浪人のひとりの顔面に炸裂した。鼻でも折れたか、鼻血に顔面を真っ赤に染めて転倒した。

「いままでは手加減した。これからは恨みっこなしの勝負としたい」

大刀を抜きはなった錬蔵が斜め右下段に構えた。

浪人たちが後退る。

そのまま動こうとしなかった。

凄まじいまでの錬蔵の太刀捌《さば》きを見せつけられたばかりである。浪人たちの青ざめて強張った顔が、下手に動けば斬られるとの恐怖心にかられていることを物語っていた。

無頼たちを見据えたまま、錬蔵もまた動こうとはしない。

一触即発の急迫が、その場を覆っていた。

五章　烏之雌雄《からすのしゆう》

一

「たがいに刀を抜き合わせて、命のやりとりを覚悟の上の勝負だ。重ねていう。斬っても斬られても恨みっこなし。それでよいな」

一歩迫った錬蔵に、村崎道場の無頼たちが後退った。

「来い。無駄な睨み合いをする気はない。来ぬなら、おれから行く」

呼びかけるや、錬蔵が一気に間合いを詰めた。

気圧《けお》された正面の無頼が道場の羽目板まで追い詰められた。背を押しつけられ、動きが止まった。

「覚悟」

切っ先を無頼の上腕めがけて錬蔵が突き立てた。

大仰《おおぎょう》な悲鳴をあげて浪人が大刀を取り落とした。錬蔵が刃を抜き取る。転倒した無頼が腕を押さえて激痛にのたうった。

「右腕の筋を切った。当分の間、刀は持てぬだろう。次なる相手は腕の一本も切り落とす所存」

八双に刀を構えた錬蔵が一歩足を踏み出した。

無頼たちが後退ったとき、

「それまで。それまでにしてくだされ。みなも刀を引け」

との声がかかり、道場と奥との仕切りの板戸が開けられた。

無頼たちが一斉に刀を引いた。

走らせた錬蔵の目線の端が、道場に入ってくる髪を肩まで垂らした総髪撫付の四十がらみの、がっちりした体軀の男の姿をとらえた。

「道場の主《あるじ》、村崎貫八でござる。名無しの権兵衛殿は凄まじいほどの業前。これ以上、門弟たちがお相手をしても怪我人が増えるだけのこと。ここまでとしていただけぬか」

話しかけてきた村崎貫八の声に錬蔵は聞き覚えがあった。

先夜、木場の青海橋で強盗頭巾たちと斬り合った折り、

「三和無敵流に伝わる、秘剣〈脚斬り〉。貴様、その技、どこで会得した」

と問いかけてきた頭格の声に似ていた。

皮肉な笑みを片頬に浮かべて錬蔵が応じた。

「村崎殿の声、どこかで聞いたような気がする。木場の青海橋あたりではなかったかとおもわれるが」

ふてぶてしい笑みを返して村崎貫八が、

「身共《みども》も名無しの権兵衛殿に、どこぞで会ったような気がする。もっとも、どこで会ったか、さだかではないがな」

じろり、と鋭い眼で無頼浪人たちを見渡し、

「わしは名無しの権兵衛殿と話をしたい。みんな、奥へ引っ込んでくれ」

無言でうなずいた代稽古格が無頼たちを見返って告げた。

「聞いてのとおりだ。行くぞ」

奥へ向かって歩きだした代稽古格に無頼たちがつづいた。

無頼浪人たちが道場から出て行ったのを見届けて、村崎貫八が告げた。

「会ったことがあるような名無しの権兵衛殿、名無し殿に声を聞いたような気がするといわれる身共。お互いさまということで今日のところは引き上げてもらえぬか。怪我人の手当などしてやりたいのでな」

「何事にも潮時がある。名無しの権兵衛としてはここらが引き上げ時だろう」

手にした大刀を錬蔵が鞘に納めた。

「また会うときがある。そのときは容赦はせぬ」

鋭く見据えた村崎貫八に、

「そのことば、そのままお返ししよう」

不敵な笑みで錬蔵が応えた。


村崎道場を後にした錬蔵は竪川沿いの通りへ出た。その道を左へ曲がると大川に突き当たる。河岸道を左へ行けば、ほどなく深川大番屋であった。

が、錬蔵はあえて遠回りの道筋をとった。あくまでも錬蔵は名無しの権兵衛で通すつもりでいたからだった。尾行してくる者がいたら、どこぞで捕らえてつけてきた理《わ》由《け》を問い糺《ただ》すつもりでいる。

松井橋を渡り、左手に二ッ目橋、三ッ目橋とみながら竪川通りを南辻橋まですすんだ。橋の手前を右へ折れ、亥ノ堀川沿いに菊川橋を左にみて猿江橋の手前を右へ曲がる。道なりにすすみ、六間堀に架かる猿子橋を渡ると深川元町、さらに行くと大川に突き当たる。そこを左へ曲がり建ちならぶ町家、紀伊《きい》藩の下屋敷を過ぎると深川大番屋であった。

ゆったりとした足取りで錬蔵は歩きつづけた。用のある者は、たいがい急ぎ足で歩く。ぶらぶらと、さしたる目的もなく町歩きしている者は、時折、立ち止まったりしてのんびりした歩調で行く。が、ゆったりとした足取りで歩きつづける者は滅多にいなかった。同じ足取りで、間を縮めることなくゆったりと歩いてくる者がいたら、まず、つけられていると推断すべきだと錬蔵は考えていた。

そんな時は、錬蔵は立ち止まって町の様子を眺めるふりをする。つけてきた者は立ち止まるか、あるいは、さりげなく行き過ぎて間近の辻を曲がり、どこぞに隠れて、再び尾行してくるかのどちらかであった。

いずれにしても機をうかがって捕らえればいいだけのことだった。

が、最後まで錬蔵をつけてくる者の気配はなかった。

深川大番屋へもどった錬蔵は用部屋に入った。すでに七つ（午後四時）はまわっている。

暮六つ（午後六時）になれば松倉ら同心たちが大番屋に帰ってくるだろう。

文机《ふづくえ》の端に、町名主からの届出書が山積みになっている。事件の探索が始まると、処理がおろそかになり、いつのまにかそのままになっている。指図書、認許書をださなければならないものも多数あった。錬蔵は届出書の一枚を手に取った。

同心たちが帰ってくるまで、錬蔵は筆をとって黙々と執務しつづけた。

暮六つを告げる時の鐘が鳴り終わった頃、松倉たちが用部屋へやってきた。

向かい合って坐るなり、溝口が声を上げた。

「御支配、海福寺の奉納絵馬のほとんどがなくなっていましたぞ」

「海福寺の絵馬が。盗まれたのは昨夜か」

問いかけた錬蔵に溝口が、

「そうです。朝方、境内の掃除をしていた修行僧が絵馬がなくなっていることに気づいたといっておりました」

「洲崎弁天の奉納絵馬も数枚を残してなくなっていました。神官が気づいたのは今朝方のことで、盗まれたのは、おそらく昨夜のことではないのか、と申しておりました」

脇から松倉が話に分け入った。

うむ、と首を捻《ひね》って、錬蔵がつぶやいた。

「万徳院につづいて海福寺、洲崎弁天と相次いで奉納絵馬が盗まれている。万徳院ではお兼が首縊《くく》りを装って大木に吊されていた。お兼と絵馬盗人《ぬすっと》の間には何らかのかかわりがあると推量できる。お兼はお千賀が芸者の頃に抱えられていた置屋の奉公人だ」

それきり黙り込んだ錬蔵を居ならぶ同心たちが無言で見つめている。

しばしの沈黙があった。

顔を上げて錬蔵が聞いた。

「溝口、お兼の弔いは段取りどおりということだな」

「如何様《いかさま》」

「すまぬが、明日はおれや小幡とともに揺海寺へ向かってくれ」

「承知しました」

横から小幡が声をかけてきた。

「武州屋へ出向き、内儀とお紋さんに、明朝、お兼の弔いを揺海寺で行うこと、告げてきました。始める刻限もつたえてあります。置屋の柳花屋には安次郎の計らいで、河水楼の政吉に出向いてもらい、お兼の弔いのこと、つたえてもらう手筈になっています」

「そうか。弔いの準備はととのったということだな」

「そうです」

顎を引いた小幡から錬蔵が目線を移した。

「八木、下っ引きと小者ふたりとともに牢屋に横たえてある浪人ふたりの骸を本所は松井町一丁目にある村崎道場まで運び、門前に投げ捨てろ。そのまま近くに身を潜め下っ引きたちとともに村崎道場を見張れ。ふたりの骸をどう扱うか、しかと見届けるのだ。四つ（午後十時）に大番屋を出ろ。骸を投げ捨てるところを道場の連中に気づかれてはならぬ」

「承知しました」

向き直って錬蔵がことばを重ねた。

「松倉、明六つ（午前六時）に下っ引きふたりとともに八木に代わって村崎道場を張り込め。外へ出かける者がいれば尾行しろ。どこへ行くか見届けるだけでよい。尾行はひとりで行うのだ。決して斬り合ってはならぬ。尾行に気づかれたら深追いせずに引き上げるのだ。わかったな」

「承知」

応じて松倉が顎を引いた。

ふたりの浪人の骸を乗せた荷車を小者に牽《ひ》かせ、下っ引きふたりを供に八木周助が深川大番屋を後にしたときは、すでに四つをまわっていた。

空には月が煌々《こうこう》と輝いている。点々と浮かんでいる薄雲がゆったりと流れていた。上空を吹き渡る風が弱いのだろう。

歩きながら八木が一瞬、ぶるると躰を震わせて首を縮めた。風はほとんどないが、凍えるような底冷えが大地を這いずりまわっていた。

吐く息が白い。

竪川沿いの道を歩きつづける八木たちにことばはなかった。骸を乗せた荷車を囲むようにしてすすんでいる。傍目《はため》には、さながら葬列のようにみえた。

深更のことである。村崎道場のあたりには、すでに人の姿はなかった。

轍《わだち》の跡が通りに残ると、荷車がどこから来ていずこへ去ったか探られる因《もと》になる。骸を捨て置くときには、村崎道場から離れた場所で荷車を止め、抱えて運ぶようにと出がけに八木は錬蔵から命じられていた。

八木は、小者と下っ引きたちに骸の肩と足をもたせて村崎道場の前まで運ばせ、捨て置かせた。小者ふたりに荷車を牽いて大番屋へ引き上げるよう指図した八木は、村崎道場の門を見張ることができる場所を探し求めた。

村崎道場の斜め前にある町家の通り抜けに八木たちは身を潜めることにした。村崎道場からみて通り抜けを隠すように天水桶が置かれている。格好の張り込み場所といえた。

　夜が更けるにつれて凍《い》てつくような寒さが八木たちを襲った。もはや、同心、下っ引きなどの身分の垣根などなかった。三人は躰を寄せ合い、たがいに躰を温めつづけた。

　その夜、村崎道場から人が出てくることはなかった。ふたつの骸は門前に放置されたままになっている。

　明六つを告げる時の鐘が鳴り終わる頃、交代のために松倉孫兵衛が下っ引きふたりを従えてやってきた。一行に気づいた八木が立ち上がり、松倉たちに歩み寄った。下っ引きたちがつづいた。

　迎えに出た形となった八木が村崎道場を指さして、

「道場からは誰も出てこない。骸は門前に横たえたままだ」

「張り込む場所はどこだ」

　問うた松倉に八木が、

「天水桶の斜め後ろに通り抜けがある。そこだと村崎道場の門前がよく見える」

　と天水桶を指し示した。

「御支配はお兼の骸を荷車に乗せて小幡や溝口、下っ引きたちとともに揺海寺へ出かけられた。一睡もしておらぬだろう。長屋へもどって一眠りしろ」

「そうするつもりだ。とにかく寒くてたまらん」

袖に手を入れて八木が躰を縮めた。

「引き上げる」

振り返って下っ引きたちに八木が声をかけた。

黙って下っ引きたちが顎を引いた。

小半刻（三十分）もしないうちに、浪人者としか見えぬ月代《さかやき》ののびた門弟が門を開けた。

転がっているふたつの骸に気がついたのか、門弟が近寄って膝を折った。骸の顔をあらためているのだろう。

わずかの間があった。

仰天したのか、跳ねるように立ち上がった門弟が道場に駆け込んでいった。

ほどなくして、さっきの門弟と数人の、どうみても無頼浪人としかみえぬ人相の悪い男たちが出てきた。

手分けして、ふたつの骸を抱え上げて門のなかへ運び込んでいく。

門弟たちの動きからみて、骸となったふたりが仲間であることはあきらかだった。門弟たちの一挙手一投足も見落とすまいと、松倉が凝然と見つめている。

二

小者が棺桶を乗せた荷車を牽いている。棺桶にはお兼の骸が納めてあるのだろう。荷車を囲むようにやってきた錬蔵たちと門を開けに出てきた行心が鉢合わせする格好となった。

「お世話をかけます」

頭を下げた錬蔵に行心が、

「仏を弔うのが坊主の役目。揺海寺は檀家のない、深川の地にある寺院としては、もぐり、といっていいほどの、土地《ところ》の者には馴染みのない寺だ。このところ、二本の足を葬っただけで五体満足な仏を弔ったことがない。久しぶりに坊主の役目を果たせると、不謹慎にも内心喜んでいる」

屈託のない笑みを向けた。

「まず骸を埋める穴を掘りましょう。人手は十分。さほど時もかかりますまい。どこを掘ればよろしいので」

　横から溝口が問いかけた。

「墓地のはずれがよかろう。ついてきなさい」

　そういって行心が歩きだした。錬蔵たちがつづいた。

　ほどなく安次郎、前原、政吉とともに喪服姿のお紋とお千賀がやってきた。

　穴を掘る溝口、小幡、下っ引きたちを見やって行心と並んで立つ錬蔵に、政吉が歩み寄ってきた。

「昨日、柳花屋へいってきました。お兼の弔いのことをつたえましたが、主人の久造は、万事、鞘番所におまかせする。弔いには顔を出さないし、柳花屋に抱えている芸者たちも行かせない、ということでした」

「そうか」

　短く応えた錬蔵に政吉が、

「ひとつ気になることがありやす。久造との話が終わった後、奥に声をかけたときに出てきた小女《こおんな》に聞き込みをかけたところ、一昨日の昼、浪人者がお兼を訪ねてきたそうです」

「浪人者がお兼を訪ねてきたただと」

「お兼が出たきりもどらない、というと浪人は怪訝そうな顔をして首を傾げ、お兼さんは帰ってくるのか、と聞いてきたそうです。わからない、と応えると、造作をかけたな、といって帰っていったそうです」

「浪人者の人相風体を聞いてきたか」

「聞いたんですが、どうにも、かんばしくない話で。年の頃は三十代半ば。いい顔をしていて、月代をのばしていた、といった具合でして。もっとも、まだ十歳になるかならぬかの子供、くわしい話をしろというのも無理な話かもしれません」

「十になるかならぬかの子供か」

「おそらく芸者に仕込むために買いつけてきた女の子だとおもいやす。お兼がいなくなったんで下働きがわりに使っているのでしょう。洗い物でもしていたのか手が真っ赤になっておりやした。顔立ちのはっきりした、可愛い子でございました」

声を落とした政吉のおもいが錬蔵にもつたわってきた。あと三年もすれば、その子も座敷に出るようになるだろう。芸事の筋がよければ、玉代の稼げる芸者として置屋も大事に扱っていくだろうが、芸がさっぱり身につかなければ遊女として客をとらされ、躰を売るしかなくなるだろう。

貧しさゆえに娘を売る。売られた娘は年季が明けるまでは抱え主のいうがままに働かされる。そこには人の情けなど微塵《みじん》も存在しない。錬蔵は、深川の茶屋で金にあかせて酒宴を愉しむ分限者たちを何人もみてきた。一方、このところ飢饉《ききん》が相次いでいるせいか、目に見えて深川にも無宿人の数が増えている。捨てられた子供たちが通りで物乞いをする姿があちこちでみられるようになっていた。

行き届かぬ御政道が悪い、といってしまえばそれまでだが、御政道の側に立つ錬蔵には忸怩《じくじ》たるおもいがあった。

が、大名や旗本たちからは、

〈不浄役人〉

と蔑《さげす》まれる町奉行所の与力でしかない錬蔵に、貧しい者たちを救う何らかの手がうてるはずもなかった。

おれは、おれができる精一杯のことをやるしかないのだ。悪人どもが仕掛ける悪さから、ひとりでも多く救う。それが、おれにできる唯一のことなのだ、とのおもいが錬蔵にある。黙り込んだ錬蔵に行心が話しかけてきた。

「ちかごろ深川の通りで、物乞いする子供たちをよくみかけるが」

「どうしたものかとこころを痛めておりますが、良い知恵が浮かびませせぬ」

「わしも坊主らしく、少しは世に役立つことをやってみたいとおもっている。が、何をやっていいかわからぬ。歯痒《はがゆ》いことだ」

重苦しい沈黙がその場を覆った。

口を開いたのは行心だった。

「何はともあれ、おのれにできることから始めていくしかあるまい」

「如何様。微力ながら力を尽くすしかないと、こころに言い聞かせております」

顔を見合わせ、錬蔵と行心が微笑みを浮かべた。

流した錬蔵の目線の先に、荷車から境内におろされた棺桶の蓋《ふた》をとり、お兼の骸を食い入るように覗き込んでいるお千賀とお紋の姿があった。傍らに前原が控えている。安次郎が錬蔵に近寄ってきて声をかけてきた。

「お千賀とお紋が、葬る前にお兼の躰を綺麗に拭いてやりたい、清めてやりたい、その上で、用意してきた白装束に着替えさせてやりたい、といってますが」

どう判断したらいいか迷っている、といった安次郎の様子だった。

「そうよな」

といって錬蔵がことばを切った。お兼の背中には無数の傷跡がある。その無惨な有り様をお紋たちに見せていいかどうか、錬蔵は迷った。

が、ふたりにお兼がどんな目にあったかはっきりと見せつけるのも、今後のことを考えたらかえっていいかもしれない。多少の荒療治も必要だろう、と錬蔵は思い直した。

お千賀が芸者だった頃のことを錬蔵は知らない。お千賀にたいする檜原屋の横柄極まる、侮蔑しきった態度の遠因が、お千賀の芸者だったときに起きていた何かにあるのはあきらかだった。

が、お千賀は頑《かたく》なに昔のことは話さない。お紋もまた、お千賀をかばっているのか、そのあたりの話を避けているように錬蔵には感じられた。

顔を安次郎に向けて錬蔵が告げた。

「躰を清めさせてやれ」

「お兼の背中に割れ竹で叩かれてできた無数の傷跡があると聞きましたが」

「かまわぬ。そのまま、その傷跡を見せてやれ。おのれたちが置かれた有り様がわかって、かえっていいかもしれぬ」

「そうですね。そのほうがいいかもしれやせん。下手な隠し事をしなくなる」

その物言いから、安次郎もまた、錬蔵と同じ疑念をお千賀とお紋に抱いていることが推測できた。

向き直って錬蔵が話しかけた。

「行心さん、お紋たちが、葬る前に骸の躰を綺麗に拭いてやりたい、といっているが、どこで清めさせればよいのだろうか」

「庫裏の台所の水瓶《みずがめ》に水を張ってある。板敷の間に横たえて躰を拭いてやるがよい。板敷の間に置いてある茶簞笥《ちゃだんす》に手拭いが入っている。気に入ったものをどれでも使ってよい」

振り向いた錬蔵が安次郎にいった。

「台所へ骸を運び込め。板敷の間に寝かせてお兼の躰を拭くようにと、お千賀とお紋につたえてくれ。板敷の間に物置にある茣蓙《ござ》など敷いて骸を横たえるがよい、ともな」

「わかりやした。何度も来て揺海寺の勝手はわかっております」

浅く腰を屈めて安次郎が背中を向けた。


敷いた茣蓙の上に安次郎と政吉がお兼を横たえた。喪服のまま襷《たすき》がけしたお紋とお千賀が水瓶から汲んだ水を桶に注いだ。

ふたりがかりで運んできた水桶を、お紋とお千賀がお兼の傍らに置いた。骸の左右に分かれてお兼の小袖を脱がせようとして、お紋とお千賀が手を止めた。

顔を見合わす。

手持ち無沙汰に安次郎と政吉が板敷の間の上がり端に腰をかけている。お紋が声をかけた。

「悪いけど、ふたりとも外へ出ておくれ。いくら年をとっているといってもお兼さんは女だよ。これから裸にしようっていうのに近くに坐っているってのは、ちょいと気の利かない話じゃないかい」

立ち上がった安次郎と政吉が顔を見合わせた。あきらかに呆れ返っていた。肩をすくめて安次郎が応えた。

「たしかに、お紋のいうとおりだ。いくら婆さんだといってもお兼さんは女には違《ちげ》えねえ。政吉さん、外へ出ようぜ」

「そうしやしょう」

苦笑いしながら政吉がうなずいた。

ふたりが勝手口から出ていったのを見極めてから、お紋とお千賀がお兼の身に着けていたものを脱がせ始めた。

躰を横向きにしたとき、お紋とお千賀の動きが止まった。ふたりの目がお兼の背中に釘付けになっている。

喘《あえ》ぐようにお紋がつぶやいた。

「可哀想に、お兼さん、ひどいめにあったんだね。傷跡が痣《あざ》になっている」

大きく溜息をついて、お千賀が独り言《ご》ちた。

「あたしが、あたしがお兼さんを死なせたんだ。あたしたちの内緒事を隠し通して、喋らなかった。そのために、殺されたんだ」

「あたしたちって、お千賀姐さんと片桐さんのことかい。いったい、どんな内緒事があるというんだい。いっておくれ」

いつになく強い口調のお紋に、お千賀が困惑を露わにした。

「お千賀姐さん、大滝の旦那が気づかってくれて竹屋の太夫、いや、安次郎親分と前原の旦那まで用心棒がわりに寄越してくれてるんじゃないか。いろいろ問い糾したいこともあるだろうに、何ひとつ聞かずに大滝の旦那はやってくれている。あたしゃ、心苦しいんだよ。お千賀姐さんにとっちゃ片桐さんは、いまでも大事な人だろうさ。けどね、あたしにとっても大滝の旦那は、かけがえのない、この世でたったひとり、あたしが惚れぬいたお人なんだよ。自惚《うぬぼ》れじゃないけど、旦那も少しはあたしのことを気にかけてくれている。そのことだけは、旦那のちょっとした素振りでよくわかるんだ。お千賀姐さん、お願いだよ。その内緒事とやら、あたしに話しておくれでないかい。そのことを大滝の旦那に話していいかどうか、あたしに決めさせてくれないかい」

「お紋ちゃん」

じっとみつめたお千賀の手を突然握りしめたお紋が、

「あたしの気持、察しておくれよ、お千賀姐さん」

強く力を込めた。

弱々しく目を伏せたお千賀が、

「悪かったね、隠し事をしていて。明日、あたしとふたりであるところへ行っておくれ。そこで、あたしたちの内緒事について話すから、それまで待っておくれ」

「明日になれば、わかるんだね。待つよ、それまで待つよ」

「お紋ちゃん」

再び、ふたりが握りあった手に力を込めた。

白装束に着替えさせたお兼の骸を安次郎と政吉が棺桶に入れ直した。荷車に乗せた棺桶を政吉が牽いて境内を横切り、墓地へ向かった。

安次郎たちが棺桶を穴に下ろし、土をかけて埋めていく。その光景を、瞬《まばた》きひとつせずお紋とお千賀が見つめていた。

棺桶を埋め終わったところに溝口半四郎がもどってきた。さきほど行心から溝口が何やら耳打ちされていたのを錬蔵は見届けている。

一枚の長い板を溝口は抱えていた。

棺桶を埋めた土の上を四角く掘り下げた溝口が、その長い板をえぐれた窪みに押し込んだ。

長い板は卒塔婆《そとうば》だった。

「卒塔婆までつくってくださったのか」

問うた錬蔵に行心が、

「昨夜、わしが削《けず》ってつくったので、あまり感心できる出来ではないがな。本堂の須弥壇《しゅみだん》にたてかけ、昨夜、読経《どきよう》して清めておいた。仏を埋め終える頃合いを見計らって溝口に本堂まで取りに行ってもらったのだ」

「ここまで心づかいしてもらって、お兼さんも草葉の蔭で喜んでいるはず。ありがとうございました」

お千賀が深々と頭を下げた。お紋も、

「お兼さん、薄情者の柳花屋の親方は顔もみせなかったけど、みんなしてあんたを送っているんだよ。ひとりぼっちであの世に旅立つんじゃないんだよ」

涙まじりに卒塔婆に話しかけた。

やがて、行心の読経が始まった。

数珠《じゅず》を胸の前に置いた手に回してお千賀とお紋が、居流れる錬蔵たちが仏となったお兼の成仏を念じている。

三

弔いを終えた後、小者たちを帰した錬蔵は溝口とともに揺海寺に居残った。前原と安次郎、政吉の三人はお千賀とお紋を守って武州屋へもどっていった。小幡と下っ引きたち、溝口の下っ引きらは揺海寺から見廻ると決められた一角へ出向いている。

庫裏《くり》の一室で行心と向かい合って錬蔵、溝口の三人が握り飯ふたつに香の物、根深汁の昼餉《ひるげ》を食していた。

根深汁を呑んで行心が、

「なかなか美味い。揺海寺で修行僧の見習いをやっていた頃より料理の腕をあげたな、溝口」

と笑いかけた。

「深川大番屋の長屋では独り暮らし。毎日、支度せねば飯も食えませぬ。以前と違って料理の味にも少し気配りするようになりました」

一口、根深汁を口にした錬蔵が、

「行心さんのことばどおりだ。いい味がでてるぞ、溝口」

「御支配までもそんなことを。けど、褒められると悪い気はしませぬな」

笑みをたたえて溝口が応じた。

握り飯を頬張りながら行心が錬蔵に話かけた。

「ご存じかな。溝口が月に一度、お千代の墓に詣《もう》でてることを」

「知りませぬ。そうか、溝口はお千代の月参りを欠かさぬのか」

「和尚、余計なことを。月参りのことはふたりだけの内緒事だと約束したではありませぬか」

「そうだったな。大滝殿だと、ついこころを許してしまう。悪かった、許せ」

「口に出したことばは元にはもどらぬもの。仕方ありますまい。それより御支配、月々のお千代の墓参りを欠かさぬこと、大番屋の者たちには決していわないでください。特に、安次郎に知られたら、事あるごとにからかわれる」

「わかった。決して口外はせぬ。固く約定《やくじょう》する」

笑いながら錬蔵が応じた。

「一刀流免許皆伝の剛の者、溝口半四郎も安次郎の毒舌は大の苦手のようだな。弁慶の泣き所みたいなものじゃ、これは愉快、愉快千万」

呵々《かか》と行心が笑った。錬蔵が、その笑いに合した。溝口は困り果てた顔つきで苦笑いを浮かべている。

揺海寺で半刻（一時間）ほど行心たちと時を過ごした錬蔵は、見廻りに行く溝口と別れて河水楼へ向かった。

商いがもっとも暇な八つ（午後二時）近くである。深川の噂話にくわしい藤右衛門なら武州屋の世間での評判を知っているかもしれない、とおもってのことであった。

河水楼に足を踏み入れると、藤右衛門が店先の土間からつづく廊下の上がり端に立って富造に何やら指図しているところだった。

うなずいて表へ出かける富造を見送った藤右衛門が、錬蔵に気づいた。

「これは大滝さま。まずは奥の座敷へ」

「上がらせてもらう」

上がり端に錬蔵が足をかけた。

上座に座した錬蔵に、向かい合って坐るなり藤右衛門が話しかけてきた。

「実は、昨夜、政吉がお紋の使いでやってきましてな。しばらくの間、休みたいので、そのことを深川の見番に藤右衛門親方から話してくれないか、とお紋から頼まれたというのですよ。お紋は一本どっこの自前の芸者、見番を通して座敷をとるようにしています。見番はお紋の上がりの一割を仲介料として受け取る仕組みになっています。見番としても、あまり勝手に休まれると儲けにならないし、お紋を名指しした客にも申し訳ない。政吉の話だと、お千賀が落ち着くまで休みたい、というのがお紋の望みだという。いつまで休むかわからない、ということです。それでは、見番がいい顔をしないに決まっている。私も、ぐずぐずと言い訳もしたくない。それで、当分の間、お紋をわたしが買い切る、ということで話をつけました。いま、そのことをつたえに武州屋へ富造を走らせたところです」

「お紋はお千賀のことが心配でならないのだ。藤右衛門には何かと頼みやすいのだろう」

「そうかもしれませぬな」

笑みを含んで藤右衛門が応じた。

微笑んだ錬蔵が、

「実は、武州屋の噂話を聞きたくてやってきたのだ。丹沢屋、倉賀野屋、天城屋、鶴峯屋と聞き込んでまわったが、武州屋の評判はあまりよくない。仕事のやり口が強引だとか、一緒につるんで利を分け合いましょうと話し合ったのに、いつのまにか出し抜かれているとか、そのような話ばかり聞かされるのだ。叔父甥の仲の檜原屋などは、武州屋はあまりにやり口が汚いので他人の恨みを買っていた、と確信ありげにいっているようだ」

「檜原屋、丹沢屋、鶴峯屋の三人は武州屋さんのことを悪くいうに決まっております」

「それなりの理由《わけ》があるというのだな」

「金でございますよ。三人とも、武州屋さんに借金があるのです。それも数百両以上の」

「数百両以上の借金があるというのか」

「丹沢屋と鶴峯屋は、一緒に一山分の木材を仕入れましょうと武州屋さんに持ちかけ金を出させたが、言を左右に仕入れたはずの木材の分け前分を渡さない。それで怒った武州屋さんが一緒にやろうと約束していた仕事をひとりでやった、というのがほんとうのところでして」

「檜原屋とも、金がらみの揉め事があるのか」

「檜原屋は、もっと質《たち》が悪い。金を借りたまま返さない。それどころか、返す素振りも見せないというのですから」

「いかほどの金高なのだ」

「噂では八百両とも一千両とも聞きますが、たしかな金高はわかりませぬ。ただ、人前では口に出さぬが、ふたりになるとそれは厳しい借金の催促の仕方だと檜原屋がおもわずわたしに愚痴《ぐち》ったことがありましたが。その催促も図太い丹沢屋、鶴峯屋、檜原屋たちには、あまり効き目がなかったようで、ぽつりぽつり、わずかな額しか取り立てることができなかったと漏れ聞いております」

「武州屋は仕事本位の男だったようだな」

「若い分、何事も勢いにまかせて動かれるお人でしてな。ただ」

「ただ、なんだ」

「私のような茶屋商売の者には、あまりありがたくないお客さまでしてな。茶屋遊びをなされたのは先妻を亡くされた後、商い仲間の寄合に出た折り見初《みそ》めたお千賀を口説き落とそうと通いつめた、そのときだけで。お千賀を後添えとして迎えた後は、商い仲間の寄合しか茶屋には顔を出されませんでした」

「置屋、柳花屋の奉公人でお兼という老婆を知っているか」

「政吉から聞きました。何者かに殺されたそうで」

「背中一面に割れ竹で叩かれた跡があった。何者かがお兼が知っている誰かの秘密事を聞きだそうとして責め立てたとしかおもえぬ」

「お兼はお千賀が芸者の頃、抱えられていた柳花屋に長くつとめていました。裏表なく働く、よく気のつく人のいい優しい婆さんでした。そのお兼が知っている秘密事といえば、お千賀のことぐらいかと。お千賀には年季が明けたら夫婦になろうと言い交わした御浪人がおりましたが、お兼を責め殺してまで聞き出すほどの秘め事がふたりにあったかどうか」

「浪人か」

おもわずつぶやいた錬蔵の耳に揺海寺で聞いた政吉のことばが甦《よみがえ》った。

「一昨日の昼、浪人がお兼を訪ねてきたそうです」

その浪人は、お千賀と夫婦約束を交わしていた浪人かもしれぬと錬蔵は推測した。

「浪人がどうかしましたかな」

聞いてきた藤右衛門に、

「いや、お千賀と惚れ合っていたとおもわれる浪人者、いまどうしているか、とおもったただけだ」

応じた錬蔵が口調を変えて藤右衛門に問いかけた。

「本所松井町一丁目にある村崎道場の道場主、村崎貫八のことは知らぬか」

「いっぱしの剣術の道場を構えていますが、実体は用心棒の口入屋の元締でございますよ。やくざの一家や材木問屋などを得意先に手広く商いしている様子」

「材木問屋に得意先があるというのか。檜原屋はどうだ。檜原屋に村崎貫八はじめ道場の面々が雇われたとの噂は聞かぬか」

「檜原屋に雇われたとの噂は耳に入ってきませぬが、丹沢屋からは月々の手当をもらっているとの噂は聞いたことがあります」

「村崎貫八らが丹沢屋から手当を受け取っているというのか」

武州屋の貸し金取り立ての催促が厳しさを増して煩《わずら》わしくなった丹沢屋が、村崎貫八に頼んで武州屋を殺したあげく、証文もろとも焼き尽くしてやろうと付け火まで仕掛けたのかもしれぬ。一瞬、錬蔵はそう推量した。

そんな錬蔵の思案にかかわりなく藤右衛門が話しかけてきた。

「ただ、この村崎貫八、なかなか厄介な男でしてな」

「厄介な男、というと」

「村崎貫八は大身旗本の二男坊なのですよ。旗本三千石、寄合組組下の村崎吟治郎《ぎんじろう》というのが村崎家の嫡男《ちゃくなん》でしてな。これが弟に負けず劣らずの性悪で、村崎道場が悪辣《あくらつ》な手口で多額の金子《きんす》を脅し取ったりすると、探索の手が伸びないように町奉行所に話をつけて事を闇に葬る。村崎家出入りの村崎道場に手を出すは村崎家に探索の手をのばすも同然。支配違いもはなはだしいと大身旗本の勢威をひけらかしての横車を押すそうでして。当然のことながら、貫八から兄の吟治郎には、しかるべき分け前が渡っているという仕組みではないかと」

厄介な、と錬蔵はおもった。よほど手際よく運ばねば、村崎貫八は必ず兄の村崎吟治郎を動かし、支配違いを盾にとって探索の手が自らの身に及んで来ぬように手配りするに違いないのだ。

半刻（一時間）ほど藤右衛門と話をした錬蔵は、大番屋へもどるべく河水楼を後にした。

武州屋は商い仲間から嫌われ、煙たがれていたのだろう。一目惚れして強引に身請けをしたお千賀に、武州屋が商いのことを話していたとはおもえなかった。

これから武州屋へ足をのばして、お千賀に商売上の書付がどこに置いてあるか問いただし、それらの書付をあらためたいとの衝動に錬蔵はかられた。

が、すぐに、それは無意味な動きだとさとった。お千賀が武州屋を蔭ながら手助けして、商いに気を配っていたとは、とてもおもえなかった。

しょせんお千賀は、武州屋にとって、ただひたすら惚れぬいているだけの、人形同然の女だったのではないのか。お千賀もまた、武州屋を売り物買い物の芸者を金にあかせて身請けした相手としか見ていなかったのではないか。錬蔵はそう推測した。

こころの触れ合いのない夫婦。それが武州屋とお千賀だったのだ。推断した錬蔵は、さらにふたりのこころの有り様をおのれに問いかけ、探った。

ならば、お千賀のこころはどこにあるのか。そこまで思案をすすめたとき、錬蔵のなかに閃《ひらめ》くものがあった。

お兼を訪ねてきた浪人は、おそらく、年季があけたら夫婦になろう約束をかわした、お千賀のかつての想い人なのだろう。いまでもお千賀はその浪人を慕っているのではないか。その浪人の面影を胸に抱いて、日々を過ごしてきたのではないのか。そう推定した錬蔵は動きを止めた。

次の瞬間、錬蔵は踵《きびす》を返した。急ぎ足で歩いていく。

向かうところは、久永町の武州屋であった。

四

突然やって来た錬蔵に気づいて、武州屋の店前の軒端で立ち番をしていた政吉が声をかけてきた。

「大滝さま、何か起きやしたか」

「お紋に聞きたいことがあってな」

訝《いぶか》しげな、探る目付きで政吉が錬蔵を見やった。

「お紋さんに」

にやり、として錬蔵がいった。

「実は、お紋とふたりきりで話したいのだ」

「ふたりきりで」

問い直した政吉が微笑みを浮かべ、したり顔でいった。

「そういや、このところ、お紋さん、お千賀さんにべったりで、いつもふたりつるんでますからね」

ぽん、と手を打って政吉がいった。

「わかりやした。あっしがいって、さりげなくお紋さんを連れ出しやしよう。どこに連れていけばよいので」

「この間、火事騒ぎのあった木置場にいる」

拍子抜けした政吉が、

「火事騒ぎがあった木置場ですって。また色気のないところで会うんですね」

「頼む」

それだけいって錬蔵は武州屋に入っていった。木置場に向かうには店のなかの庇下《ひさし》通路を通り抜けねばならない。

店の手代が声をかけようとしたが錬蔵だと気づいて頭を下げた。目線で応えて錬蔵は裏の木置場へ向かった。

焼け焦げた木材は、まだ片付けられていなかった。無理もなかった。通夜に葬儀と、人の出入りが多い日がつづいている。

焼けた木材の山の脇に錬蔵は立った。あたりを見回す。あの夜の斬り合いが、まざまざと脳裏に浮かんでくる。

あのとき、引き上げを命じた強盗頭巾は村崎貫八ではなかった。下知した声があきらかに違う。

青海橋で待ち伏せされたとき、強盗頭巾の一群を指図していたのは、たしかに村崎貫八だった。村崎道場でそのことはたしかめてある。

武州屋殺しの一件に村崎貫八と村崎道場の面々がかかわっていることはあきらかだった。狙いは武州屋の乗っ取りか。胸中で錬蔵がつぶやいたとき、

「旦那、どうしたんですか。ふたりきりで話したい、と政吉さんにあたしを呼び出させたりして」

声がかかった。

見やると、曖昧《あいまい》な笑みを浮かべたお紋が立っていた。

思案に沈みきって近づいてくる足音に気づかなかったおのれの未熟を錬蔵は恥じた。

このところ斬り合いがつづいている。疲れているのかもしれない。お紋が心配そうな、それでいて不安の入り混じった面持ちで錬蔵を見つめている。

気を取り直して錬蔵が話かけた。

「今朝方、揺海寺で政吉から聞いたのだが、一昨日、お兼をたずねて浪人が柳花屋にやってきた。小女が、お兼はいない、と応えると引き上げていった、という」

「浪人が、お兼さんを」

　驚愕がお紋の面《おもて》をかすめた。その変容を錬蔵は見逃さなかった。間を置かず問いかけていた。

「心当たりがあるのだな、その浪人に」

「それは」

「藤右衛門がいっていた。お千賀には年季が明けたら夫婦になると約束した浪人がいたとな。その浪人は、どこの誰なのだ」

　見つめてお紋が声を高めた。必死さがその目にあった。

「堪忍しておくれよ。お千賀姐さんに聞かなきゃ、許しをえなきゃ、その人のことは何もいえない。あたしゃ、お千賀姐さんに血の通った妹同然に可愛がってもらったんだ。何かと世話になったんだよ。義理があるんだ。わかっておくれよ」

　見据えて錬蔵が告げた。有無をいわせぬ強さが声音に籠もっていた。

「殺されたお兼を浪人が訪ねてきた。お兼はお千賀と浪人の間で交わされた内緒事を知っていたのだ。だから責めにかけられ殺された。今度はその浪人が捕らえられ、殺されるかもしれないのだぞ」

「まさか」

「お紋、武州屋を殺した悪党は武州屋の身代を根こそぎ奪い取ろうとしているのだ。

お千賀を追い詰める確たる証《あかし》をつかんで逃げ場のない立場に追い込み、武州屋と縁を切らせるか、さもなくば人知れず葬るか、謀計をめぐらしているのだ。おれには、わかる。おれが襲われたのは、お千賀の味方だとみなされたからだ。邪魔者は消せ、とばかりに仕掛けてきたのだ。浪人もお千賀も、いずれ命を狙われることになるのだぞ」

「旦那」

「お紋、いうのだ。浪人の名は、住まいはどこだ」

「旦那」

見つめたお紋が、錬蔵の鋭い目線におもわず目を背けた。かつて見せたことがない厳しさが錬蔵の眼の奥にあった。

がくり、とお紋が肩を落とした。うつむいたまま小声でいった。

「御浪人の名は片桐、片桐源三郎さん。清住町の小兵衛長屋に住んでいるよ」

「清住町の小兵衛長屋に住まう片桐源三郎。しかと、そうだな」

振り向いてお紋が声を高めた。

「そうだよ。片桐源三郎さんは清住町の小兵衛長屋に住んでいる。いまでも、お千賀姐さんのこころのなかにいる、大事な、大事なお人なんだよ」

いうなりお紋が錬蔵の胸にすがりついた。

「助けておくれよ。片桐さんやお千賀姐さんを、助けておくれ。旦那だけが頼りなんよ。お願いだよ」

すがる目でお紋が錬蔵を見つめた。

「お紋」

一瞬、肩を抱き寄せた錬蔵が、お紋を押しもどして告げた。

「これから清住町へ向かう。いいか、一件が落着するまで安次郎や前原のそばを離れてはならぬ。お千賀にも、そのこと、つたえるのだ」

「わかったよ、旦那、そうするよ」

「早く座敷へもどれ。ここで、おれが見張っている。お紋が家のなかに入るまで見届けて、それから清住町へ向かう」

「旦那」

じっと錬蔵を見つめたお紋が背中を向けた。小走りに去っていく。

建家の蔭にお紋の姿が消えたのを見届けた錬蔵は、小兵衛長屋へ向かうべく足を踏み出した。

東平野町から伊勢崎町へと仙台堀沿いに歩みつづけた錬蔵は大川に突き当たり、上ノ橋のたもとにある自身番に立ち寄った。

自身番の番太郎は深川大番屋支配の錬蔵の顔を見知っていた。小兵衛長屋への道筋を尋ねると番太郎は、

「道案内いたしましょう」

と腰軽く動いて表戸に手をかけた。

「大っぴらにはしたくない調べだ。道筋を教えてくれるだけでよい」

応じた錬蔵は番太郎から道順を聞いて外へ出た。

松平家下屋敷の塀が切れたところに右へ折れる道がある。その通りの新大橋寄りが清住町だった。

小兵衛長屋はすぐにわかった。仕事帰りなのか、道具箱を肩に担いだ大工職人が小兵衛長屋の露地木戸をくぐろうとしていた。

その大工に声をかけ、錬蔵は片桐源三郎の住まいを聞いた。

揺海寺でお兼の弔いを終えた後、聞き込みにまわるつもりでいた錬蔵は着流し巻羽織の、御用の筋とはっきりとわかる出で立ちをしていた。

そのせいか大工は、頼みもしないのに片桐源三郎の住まいまで案内してくれ、別れ際に小声で錬蔵に聞いてきた。

「片桐さん、何かやらかしたんで」

野次馬根性を剝き出した大工の顔つきだった。

「ちょいと話を聞きたくてな。片桐さんの評判は、何かやらかすかもしれないと長屋の衆からおもわれるほど悪いのかい」

慌てたように顔の前で大工が手を左右に振った。

「とんでもない。暇がありゃ子供たちに読み書きは教えてくれるし、穏やかないい人ですぜ」

「ほんとか。なら、何で、何かやらかしたのかと聞いたんだ」

「そりゃ、どんないい人だって、時には魔が差すってこともありやすぜ。それだけのことでさ」

「そうかい。それならいいんだが」

意味ありげな笑みを錬蔵が浮かべてみせた。

「ほんとですぜ、旦那。ほんとに片桐さんは穏やかな、いい人なんだから。つまんねえこと、いっちまったな」

困ったように大工が肩をすくめた。

「わかった、わかった。案内してくれてありがとうよ」

笑みをたたえて錬蔵がいった。

大工が片桐源三郎の住まいから四軒目の腰高障子を開けて入っていくのを見届けた錬蔵は、表戸の前に立ちなかに向かって声をかけた。

「片桐さん、いるかい」

返答はなかった。

「入らせてもらうよ」

表戸に錬蔵は手をかけた。開けると、なかには誰もいなかった。

眼を走らせると住まいは綺麗に片付いていた。

誰かが忍び込んだ形跡はない。留守なのだ。そう推断した錬蔵は表戸を閉めた。

表戸の前で待つかともおもったが、長屋の住人たちの眼がある。後々、片桐源三郎にあらぬ疑念を抱かせる因《もと》になる、と錬蔵は思い直した。

ちよいと足をのばせば食い物屋があちこちにある。

握り飯ふたつに香の物、根深汁といった昼飯だった。正直言って小腹が空いていた。

蕎麦屋へ入って蒸籠《せいろ》そばでも食べながら時間《とき》を潰し、もう一度出直してくるか。考えて錬蔵は表戸から離れた。

蕎麦屋で蕎麦を食べ、茶を呑みながら半刻（一時間）ほど時を過ごした錬蔵は、再び小兵衛長屋へ足を向けた。

暮六つ（午後六時）はとうに過ぎていた。再度、片桐源三郎の住まいを訪ね、声をかけたが返答がない。表戸を開け、なかを覗き込んだが、さっきと変わりがなかった。片桐源三郎が帰っていないのはあきらかだった。

清住町と大番屋のある深川元町は、さほど離れてはいない。

四つ（午後十時）頃、出直してくるか。その刻限には帰ってきているだろう。そう決めた錬蔵は小兵衛長屋を後にした。

深川大番屋へもどった錬蔵に門番が声をかけてきた。

「松倉さんが用部屋で待っているとのことです」

「わかった」

短く応えて錬蔵は用部屋へ向かった。

用部屋へ入ると松倉が姿勢をただして待っていた。

向かい合って錬蔵が坐るのも待ちきれぬように、松倉孫兵衛が話しかけてきた。

「御支配を襲って、逆に斬り伏せられたふたりの骸を、朝方、外へ出てきた村崎道場の門弟が見つけるなり、仲間を連れてきて何の躊躇もすることなく道場内に運び入れましたぞ」

「まさしく、語るに落ちる所業だな。これで、おれを青海橋で待ち伏せていたのは村崎道場の者であることがはっきりした」

「そのまま張り込みをつづけましたところ、昼前に総髪撫付の、値《ね》の張りそうな羽織をまとった道場主らしき男が数名の門弟を引き連れて出かけていきました。下っ引きの杉太郎に、そ奴らの後をつけさせました。ほどなくして、髭の濃い巨体の、師範代とおぼしき四十過ぎの男が、やはり数人の門弟を従えて出てきました。こちらは、残っていた下っ引きの音吉につけさせました。音吉は、交代の刻限になってももどってきませんでした。杉太郎は七つ（午後四時）頃に帰ってきました。御支配、総髪撫付の男の一行は、おもいもかけぬ相手を訪ねましたぞ」

「その相手とは、おそらく檜原屋であろう」

「檜原屋も訪ねましたが、もう一ヶ所、丹沢屋を訪れたそうでございます」

「丹沢屋を、まことか」

藤右衛門から聞いた、丹沢屋は村崎貫八らを用心棒に雇っているという噂の裏付けがとれたと錬蔵はおもった。

「それぞれの店に一刻（二時間）はいたのではないか、と杉太郎がいっておりました。檜原屋から出てきたとき、総髪撫付が懐から袱紗《ふくさ》包みをとりだし、卑《いや》しい薄ら笑いを浮かべた。おそらく用心棒代をせしめてきたに違いない、と杉太郎はおもったそうです」

「檜原屋から用心棒代を受け取った様子だったというのか。その場の様了を、もう少しくわしく聞きたい。杉太郎を呼べ」

「それが、暮六つ前に道場から門弟三人が出てきましたので後をつけさせました。その門弟たちがみょうに肩をいからせた、みるからに武張った様子だったので、気になりまして」

「遊びに出かけるのとは、あきらかに違ってみえたというのだな」

「如何様」

「音吉がつけた師範代とおぼしき男が、どこへ出かけたか気にかかるが」

「深更には音吉も大番屋へもどってくるでしょう。そのときにはわかるはず」

「音吉と杉太郎がもどったら声をかけてくれ。おれも出かけるところがある。もし、おれが出かけていたら、門番に音吉と杉太郎がもどってきたことをつたえておいてくれ。音吉たちは今夜は同心詰所に泊まり込むのだろう。おれがもどり次第、門番を同心詰所へ走らせる。そのときは用部屋へ来てくれ」

「承知しました」

応じた松倉が顎を引いた。

松倉が引き上げた後、錬蔵は町名主からの届出書に眼を通しつづけた。

そろそろ四つ（午後十時）になろうという頃合いを見計らって、錬蔵は着流し巻羽織の探索方の見廻りの出で立ちで大番屋を出た。片桐源三郎とは初めて顔を合わせる。町奉行所の役人らしい出で立ちの方が片桐源三郎にみょうな疑念を抱かせずにすむと錬蔵は考えていた。

大番屋から清住町の小兵衛長屋まで小半刻（三十分）もかからなかった。

露地木戸をくぐった錬蔵は片桐源三郎の住まいへ向かった。

住まいに灯りはついていなかった。

念のために錬蔵は腰高障子の表戸に手をかけ、開けた。暗くて、なかがよくみえなかった。

土間に足を踏み入れて錬蔵は室内をあらためた。さっき見たときと、なかの様子は変わっていなかった。

片桐源三郎はまだ住まいにもどっていない。気儘《きまま》な浪人の独り暮らし。どこかに泊まり込んでいるのかもしれない。明日、出直してくるか。そうおもって錬蔵は外へ出た。

表戸を閉め、背中を向ける。

空には、月が煌々《こうこう》と輝いていた。

露地木戸を出て足をとめた錬蔵は、小兵衛長屋を振り返った。片桐源三郎のことが、どうにも気にかかっていた。月明かりがつくりだした錬蔵の影が長く尾を引いている。長くのびたその影は、片桐源三郎への聞き込みがままならなかった錬蔵の未練を物語っているかのようにもみえた。

踵を返した錬蔵は大番屋へもどるべく歩きだした。

五

大番屋へもどった錬蔵に表門の潜り口をあけた門番が、

「下っ引きの音吉が帰ってきました。同心詰所で待たせてある、と松倉さんからの言《こと》伝《づて》です」

と声をかけてきた。

「用部屋へ音吉を連れてくるよう松倉につたえてくれ」

応えて錬蔵は用部屋へ向かった。

用部屋に入った錬蔵は火打ち石と火打ち鉄《がね》を打ち合わせて、行灯《あんどん》に灯《ひ》を点《つ》けた。

刀架に刀を置き、坐る。

腕を組んだ錬蔵は武州屋殺しから始まる事の成り行きを脳裏でたどった。

同業の者の依頼が重なったとき、村崎貫八は早い者勝ちとうそぶいて、先に申し入れてきた者の頼みを引き受けると聞いている。

下っ引きの杉太郎は、丹沢屋と檜原屋から出てきた村崎貫八たちを見ている。このことは、丹沢屋と檜原屋が手を組んで村崎貫八に用心棒や荒事の仕掛けを依頼したということを意味しているのではないか。そう錬蔵は推測していた。

ふたりの狙いが武州屋の身代であることはあきらかであった。いまは檜原屋だけが動いている。いずれそのうちに丹沢屋も表立って動き出すに違いないのだ。

道場を襲って村崎貫八らを捕らえ、錬蔵を襲撃したことを拷問にかけて白状させる。錬蔵が斬り捨てたふたりの骸を丁重に道場内に運び込んだのが仲間であることの証だ、と言い立て、責め立てる。それが一番手っ取り早い気がした。

が、悪事に慣れた村崎貫八たちである。あくまで、知らぬ存ぜぬ、で押し通すだろう。そのうちに貫八の兄、三千石の大身旗本、村崎吟治郎が乗りだして来て、村崎貫八は我が屋敷出入りの剣術指南番、しかも我が弟なるぞ。支配違いもわきまえず、旗本に探索の手を伸ばすとは、一族への無礼、許さぬ、と横車を押して来るのはあきらかであった。

うむ、と錬蔵は首を捻った。厳しい拷問にかけても、捕らえて一日か二日の間に村崎貫八らに錬蔵襲撃を認めさせるのはむずかしいようにおもわれた。

思案の淵に錬蔵が沈み込んだとき、戸襖ごしに廊下から声がかかった。

「御支配。松倉です。音吉を連れてまいりました」

「入るがよい」

戸襖が開けられ、入ってきた松倉が錬蔵と向かい合って坐った。音吉は戸襖のそばに控えている。

口を開いたのは松倉だった。

「杉太郎は、まだ帰っておりませぬ。わたしの見込み違いで浪人たちは局見世《つぼねみせ》あたりにしけこんだのかもしれませぬな」

「いずれにしても杉太郎については待つしかあるまい。音吉の話を聞こう」

眼を向けた錬蔵に音吉があわてて姿勢を正した。みるからに肩に力が入っている。

かなり緊張しているのだろう。

「師範代らしき浪人が浅草、下谷、谷中と町道場を五軒ほどまわって歩きました。各道場でふたり、三人と人数を集めてまわり、最後には合わせて十人ほど、新手の浪人たちを引き連れて道場にもどっていきました」

「新たに十人ほど、浪人が増えたというのか」

問うた錬蔵に音吉が応じた。

「そうなんで。師範代は用心棒になりそうな浪人たちを見つけ出そうと、あちこち歩きまわったんだとおもいやす」

「怪我をしたりして、いままで働いていた輩《やから》が役に立たなくなると、新たに用心棒稼業に耐えうる浪人を探し求めて、つねに人手を減らさぬように工夫しているわけか」

独り言のような錬蔵のつぶやきだった。

顔を向けて錬蔵がいった。

「松倉、杉太郎が帰ってきたら声をかけてくれ。何刻でもよい。なぜか、気にかかるのだ」

「気にかかるとは」

「何の根拠もないのだが、ただ、何となく、な」

「いわゆる勘働きというやつですか」

「そうだ」

「わかりました。わたしも同心詰所に泊まり込んで杉太郎の帰りを待つことにしましょう」

「明日の村崎道場の張り込みは溝口に代わってもらえ。溝口にはおれの指図だといってくれ。おれはこれから長屋にもどる。知らせは長屋で受ける」

「それでは、さっそく溝口の長屋へ行き、そのこと、手配りしてきます」

「そうしてくれ」

顔を向けて錬蔵が告げた。

「音吉、お手柄だったな。これからも務めに励んでくれよ」

「もったいないおことば。身を粉にして働かせていただきます」

額を畳に擦《こす》りつけんばかりに、音吉が深々と頭を下げた。

長屋へ引き上げた錬蔵だったが、夜具を敷いて横になろうとはしなかった。

着流し巻羽織の姿のまま、掻巻《かいまき》をかけて壁に背をもたせかけた。

このところ動き回っている。夜具に入ったら、ぐっすりと寝込んでしまうかもしれない。松倉が呼びに来ても眼が覚めない恐れがあった。

眼を閉じたが、なかなか眠れなかった。絵馬のことが気になっていた。お兼が大木に吊された万徳院で、僧侶から奉納絵馬がなくなっている、盗まれたのかもしれない、といわれたとき、なぜ絵馬堂を調べなかったのか。いまとなっては、そのことが悔やまれる。そのときに調べていれば、盗人の足跡などが残っていたかもしれない。少なくとも絵馬盗人がひとりだったか、数人だったかの調べぐらいはついたはずだった。

武州屋が殺された。それ以後の事件の成り行きを錬蔵は思い返していった。

はっきりしていることは、村崎貫八らが錬蔵を青海橋で襲ったということだけである。村崎貫八が檜原屋、丹沢屋から頼まれて暗躍しているということはわかる。檜原屋が武州屋の実権を、お千賀から奪い取ろうとしているのはあきらかだった。浪人が置屋の柳花屋にお兼を訪ねてきている。お兼に何の用があったのか。その浪人がお紋から名を聞き出した、お千賀とかつて夫婦約束した片桐源三郎かどうか、まだたしかめてはいなかった。

さまざまな思案が錬蔵のなかで駆けめぐった。

いつのまにか眠りに落ちていた。

「御支配。御支配」

呼びかける声が遠くから聞こえる。

「御支配、杉太郎がもどってきました」

との声に錬蔵の意識が覚醒した。声の主が松倉孫兵衛だとさとったとき、錬蔵は脇に置いた大刀を手に立ち上がっていた。

「いま行く」

大刀を腰に差しながら、錬蔵は表戸へ向かった。

急ぎ足で同心詰所へ向かう道すがら、松倉が錬蔵に話しかけた。

「杉太郎は佃《つくだ》稲荷で何者かに当て身をくらわされ、気を失っていたそうです」

「佃稲荷で？　村崎道場の連中は佃稲荷へ出かけたのか」

やはり村崎道場の無頼たちは絵馬を盗みに出かけたのだ。胸中で錬蔵はつぶやいた。

「杉太郎は村崎道場の奴らに当て落とされたのか」

「それが、違うようです」

「違う」

「杉太郎が気がついてまわりを見回したら、境内に、つけていった浪人三人が倒れていたそうです。近寄ってみると斬られている。それで、あわてて大番屋に駆け戻ってきた、と」

「いま、何刻だ」

「七つ（午前四時）を少しまわった頃かと」

「杉太郎は動けるな」

「顔色は悪うございますが、十分、役に立ちます」

「松倉、杉太郎、音吉とともに門番所の前で待て。おれは小幡を起こして門番所へ行く。佃稲荷へ向かう」

「承知」

顎を引いて松倉が同心詰所へ走った。

長屋へ急ぎ、小幡を叩き起こした錬蔵は門番所に向かった。すでに松倉、杉太郎、音吉の三人は門番所の前にいた。

三人のそばにいた門番に、

「小者たちを叩き起こし荷車を二台用意して佃稲荷へ来るようにつたえよ。三人の骸を運ばねばならぬ」

「すぐさま手配いたします」

応えた門番から一同に眼をうつし錬蔵が下知した。

「佃稲荷へ向かう」

顎を引いた松倉が表門の潜り口へ向かった。音吉が走って潜り口を開ける。先導役をつとめるつもりか、松倉が潜り口から外へ出た。錬蔵、小幡、下っ引きふたりがつづいた。背後で潜り口の扉が閉められた。土を蹴立てて門番が走り去る足音が潜り口の向こうから漏れ聞こえた。

佃稲荷に着いた錬蔵は杉太郎に案内させ、浪人の骸が転がっている一角へ向かった。

行く手に数人の人だかりがしている。それぞれ箒《ほうき》を手にしているところをみると、境内の掃除をしようと起きだしてきた神官たちが骸を見つけ出し困惑しきっているのだろう。

歩み寄って錬蔵が声をかけた。

「深川大番屋支配の大滝錬蔵でござる。骸が転がっているとの知らせを受け、駆けつけてまいった。寺社は支配違いの地なれど、骸あらためのこと、御容赦願いたい」

年嵩《としかさ》の神官が一歩、歩み出て、

「よろしくお頼み申します。どうしたものかと頭を抱えておりました」

と頭を下げた。

「骸あらためをいたす」

神官に一礼した錬蔵が骸に歩み寄った。松倉たちがしたがう。

振り向いて聞いた。

「杉太郎、見つけた骸はこの三体だけだな」

「左様で。あっしはこの三人をつけてきて鳥居をくぐったところで当て身をくらって気絶しましたんで、その後のことはわかりません。あまりの寒さに正気づき、起きだして境内の奥へ眼を向けたら、骸が転がっていたんで」

骸のひとつに歩み寄り、傍らで膝を折った錬蔵が斬り口を覗き込んだ。腹を見事に斬り割られていた。溢れ出た血が、まだ乾ききらずに境内を濡らしている。

「これは見事な」

呻いた錬蔵がふたりめ、三人目の骸をあらためた。いずれも腹を大きく断ち斬られている。

三人目の骸をあらためて立ち上がった錬蔵が、

「腹を深々と斬り裂かれている。居合いをよくする者の仕業。凄まじい太刀捌《さば》きだ」

誰に聞かせるともなくつぶやいた錬蔵が一同に、

「小幡、骸を見張れ。誰にも触れさせてはならぬ。骸は小者たちが着き次第、大番屋へ運ぶ。松倉は下っ引きたちとともに杉太郎が当て身をくらったあたりからはじめて骸の転がっている一角まで探れ。三人を斬った者の手がかりが残っているかもしれぬ」

顎を引いた小幡が三人の骸の近くに立ち、松倉たちが朱の鳥居のほうへ走った。

神官に向き直って錬蔵が声をかけた。

「このところ奉納絵馬が盗まれる事件が相次いでいる。絵馬堂をあらためさせてくれぬか」

「ご案内いたします」

年嵩の神官が先にたって歩きだした。錬蔵がそれにならった。

絵馬堂のなかを見渡した神官が、

「盗まれた絵馬はないようですな」

「なくなった絵馬はないと申すか。いま一度、たしかめてくれ」

神官が、絵馬堂の四面の壁に沿って歩きながら絵馬の一枚一枚をあらためていった。

やがて、

「ややっ、あれがない。一枚、なくなっておりますぞ」

「一枚、失われているだと」

「年老いた、白髪頭の、おかめとひょっとこの面をかぶったふたりがならんで坐っている絵柄の絵馬でございます。おかめとひょっとこの、それはみごとな細工の小さな面が貼り付けられておりました。その絵馬がなくなっております。めったにない絵柄の絵馬なので、よく覚えています」

奉納絵馬にしては奇妙な絵柄だと錬蔵はおもった。

絵馬堂に奉納された絵馬を、錬蔵はあらめて見直した。

馬に跨《またが》った鎧《よろい》武者や白い神馬、猿が手綱をとった馬などの絵柄の絵馬が多い。

それらのなかにまじって奉納された、年老いた、白髪頭のおかめとひょっとこの面をかぶったふたりがならんで坐っている絵馬が、どんな意味を秘めているのか、その謎を、錬蔵はこころで探っていた。

六章　落下流水《らっかりゅうすい》

一

浪人三人の骸《むくろ》を荷台に乗せて小者たちが牽《ひ》く荷車が二台、佃稲荷の朱の鳥居をくぐって通りへ出ていく。傍らに小幡の姿があった。

絵馬堂からもどってきた錬蔵は小幡に、

「骸を運ぶ荷車を警固して大番屋へもどれ」

と指図していた。

境内の骸が転がっていたあたりに眼をやると、松倉と下っ引きの杉太郎、音吉の三人がしゃがみこんで地面を調べている。手がかりになる品が落ちていないか探しているのだった。

明六つ（午前六時）を告げる鐘が鳴って小半刻（三十分）は過ぎ去っている。昨夜、錬蔵は片桐源三郎の寝起きを襲うつもりでいた。是非ともやらねばならぬ重要な聞き込みは夜討ち朝駆けにかぎる。錬蔵は見習い与力の頃、捕物上手と評判の老与力から、そう教え込まれてきた。現実にそのやり方で聞き込みをかけ、錬蔵は何度も一件落着の糸口となる手がかりをつかんでいる。

が、おもいのほか錬蔵は佃稲荷の調べに時を費やしていた。早出の内職にありついていれば、片桐はもう出かけているかもしれない。

「松倉」

呼びかけた錬蔵を松倉が振り向いた。

「まだ手がかりはみつかりませぬ」

「もう少し、探索をつづけてくれ。おれは、行かねばならぬところがあるので、これより出かける」

「くまなく調べても手がかりがみつからぬときはいかがいたしましょう」

「引き上げの見極めは松倉にまかせる」

「承知しました」

顎を引いた松倉にうなずきかえして、錬蔵は背中を向けた。

佃稲荷から片桐源三郎が住まう清住町の小兵衛長屋に、錬蔵は向かっている。二十間川に架かる蓬萊橋《ほうらい》を渡って左へ折れた錬蔵は、一の鳥居をくぐり抜け、八幡橋《はちまん》、福島橋と馬場通りの一本道をすすんで、突き当たった浜通りを右へ曲がった。そのまま下ノ橋、中ノ橋、上ノ橋と通り過ぎていく。ほどなく清住町であった。

小兵衛長屋の露地木戸をくぐった錬蔵は、まっすぐに片桐源三郎の住まいへ向かった。

表戸の前に立って声をかける。

「片桐さん、いるかい」

「待ってくだされ。いま戸を開ける」

応えた片桐が土間に降りる気配がして、なかから表戸が開けられた。

着流し巻羽織という錬蔵の出で立ちに片桐源三郎が訝《いぶか》しげに顔を歪《ゆが》めた。

「御用の筋のようだが、何の話かな」

「深川大番屋の大滝錬蔵と申す。武州屋の内儀について聞きたいことがあって罷《まか》りこした」

「武州屋の内儀のことといわれるか」

「左様」

「立ち話ですむことではなさそうだ。入られい」

腰高障子を開け、片桐が表戸の裏に身を寄せた。

「入らせてもらう」

なかに入った錬蔵の背後で表戸が閉められた。

一間しかない座敷で錬蔵と片桐源三郎が向かい合って坐っている。

「武州屋が殺されたこと、知っておられるな」

問いかけた錬蔵に片桐が、

「知っている。武州屋の内儀が芸者だった頃に稼業上の妹分だったお紋さんが訪ねてきて、武州屋が殺されたことを話してくれた」

武州屋の裏庭にある木置場で片桐のことを教えてくれたとき、お紋は、片桐を訪ねてことばを交わしたことを錬蔵に話さなかった。

なぜ、いわなかったか、錬蔵にはその意味を探る余裕はなかった。眼の前に、聞き込みをかける片桐がいる。一瞬の途惑いでも相手に気づかれたら警戒を生む因《もと》となる。ふだんなら話してくれることも口を噤《つぐ》んで喋ってくれなくなる恐れがあった。お紋のことを知らぬふりをして錬蔵は問いかけた。

「その、お紋と、どんな話をしたのだ」

「お千賀さん、いや、武州屋の内儀が身重だということ、何かと大変だから昔の誼《よし》みで力を貸してくれないかということ、後は、埒《らち》もない世間話だ」

「昔、芸者だった頃の内儀とは夫婦約束をした仲だったと聞いている。昔の誼みで力になってやろうという気にはならなかったのか」

冷ややかな笑みを浮かべて片桐源三郎が吐き捨てた。

「なぜ助けねばならぬのだ。お千賀は貧しい浪人暮らしのおれを捨てて、武州屋に身請けされ後添えにおさまったのだぞ」

じっと片桐を見据えて錬蔵が聞いた。

「ほんとうか。それは本心でいっているのか」

「馬鹿馬鹿しい。おれは、そんなにお人好しではない」

「いま、深川のあちこちの寺社で奉納絵馬が盗まれている。最初に盗まれたのは北川町の万徳院だ。奉納絵馬が盗まれた日に芸者置屋の柳花屋の奉公人でお兼という老婆が境内の大木で首を縊って死んでいた」

「お兼さんが、首を吊ったというのか」

「首を吊ったのではない。お兼はどこか他の場所で殺されて、首を縊ったようにみせかけるために大木に吊されたのだ」

「お兼さんが、殺された。なぜ、お兼さんが」

「お兼の背中には割れ竹で叩かれた跡が数多く残っていた。皮膚が裂けて滲み出た血の塊《かたまり》と赤黒い痣《あざ》が痛々しかった。誰かが何かを聞きだそうとして、か弱い老婆を拷問にかけたのだ。

「誰が、そんな酷《むご》いことを」

おもわず片桐源三郎が拳《こぶし》を握りしめたのを錬蔵は見逃さなかった。

「なぜ、それほど驚く。いや、拳を握りしめるほどの怒りをおぼえるのだ。お兼は、ただの芸者置屋の奉公人、薄汚い老婆だぞ。よしんば顔を見知っていたとしても怒るほどのことではあるまい」

「昔、お千賀さんとのつなぎをやってもらった。お兼さんはよく知っている」

探る眼で片桐を見やった錬蔵が、さらにたたみかけた。

「先日、お兼を訪ねて柳花屋を訪ねた浪人がいた。片桐さん、その浪人はあんただろう」

「そうだ。おれだ。ここ何年も顔を出したことのないお紋さんがおれを訪ねてきた。力を貸す気はなかったが、お紋さんから聞いた話が気になった。お兼さんならお千賀さんの様子を知っているとおもって訪ねたのだ。ただ、それだけのことだ」

「ほんとうに、ただそれだけのことなのか」

「みょうな勘繰りはよしてくれ。おれは、いまは武州屋の内儀とは一切かかわりのない身だ」

「おれは、悪党一味がお兼を万徳院の木に吊したのには何らかの意味があると推測している。その日に万徳院から多数の奉納絵馬が盗まれた。悪党一味はお兼を拷問にかけ、奉納絵馬に武州屋の内儀にかかわる何らかの秘密が隠されているということを聞き出したのだ。が、その絵馬がどこの寺社に奉納されたかは聞き出せなかった。あるいは、お兼も、そのことは知らなかったのかもしれない。お兼を木に吊し、奉納絵馬を盗むことで、悪党一味は内儀に、我らのいうことを聞かねば奉納絵馬に隠された秘密を暴露するぞと暗黙のうちにつたえようとしたのだ」

　せせら笑って片桐源三郎が応じた。

「おもしろい話だ。が、しょせん推測、絵空事の域を出ぬ話だ」

　鋭い眼で錬蔵が片桐を見据えた。

「大刀をあらためたい。見せてもらおう」

「厭《いや》だといったら」

「大番屋へ同道してもらう」

「おれを調べても何も出てこぬぞ」

「今朝方、佃稲荷の境内で浪人が三人、斬り殺された。さらに奉納絵馬が一枚、消え失せていた。年老いた、白髪頭のおかめとひょっとこ面をかぶったふたりがならんで坐っている絵柄の絵馬だ。おかめとひょっとこの面は、絵ではなく、小さな面が貼り付けられていた。見事なまでの、精緻《せいち》な仕上がりの面だったと神官がいっていた」

「奉納絵馬にしては珍しい絵柄だな。詣でた誰かがいたずら半分に盗んでいったのではないのか」

「無駄な時は過ごしたくない。大刀をあらためさせるか、それとも大番屋へ来てもらうか。好きな方を選べ」

苦笑いして片桐がいった。

「無茶をいうお人だ。仕方あるまい。大刀をあらためていただこう。ただし、昨夜、しつこくつきまとい、吠えたてる野良犬を斬った。獣の血を吸った刀だ。曇りがある。そのこと、あらかじめつたえておく」

立ち上がった片桐が壁に立てかけてあった大刀を手にとり錬蔵に向かって差し出した。受け取った錬蔵が懐から懐紙を取りだし、口にくわえた。

片桐の大刀を引き抜きかざした。

「たしかに曇りがある。それもかなり広い範囲だ。よほど大きな犬を斬ったのだな。人と変わらぬほどの大きさの犬か」

皮肉な笑みを片桐源三郎が浮かべた。

「疑り深い御仁だな。おれは野良犬を斬ったのだ。嘘はつかぬ。斬ったのは野良犬だ」

大刀を鞘におさめた錬蔵が片桐に手渡した。

「野良犬にもいろいろある。まずは、野良犬ということにしておこう」

受け取った片桐が躰の右側に大刀を置いた。

敵意のない証だった。膝に手を置いて問いかけた。

「納得されたか」

「この場はな」

意味ありげな笑みを錬蔵が浮かべた。冷ややかに片桐源三郎が告げた。

「出かける用事がある。引き取っていただこう」

「また顔を出すことになるだろう」

大刀を手に立ち上がった錬蔵に片桐はことばを返そうともしなかった。黙然と座したまま錬蔵を見つめている。

小兵衛長屋に錬蔵が片桐源三郎を訪ねていた頃……。

佃稲荷にやってきた女ふたりと供の者らしいふたりの男がいた。

女はお紋とお千賀であり、男は安次郎と前原だった。

朱《あか》い鳥居をくぐって佃稲荷の境内に足を踏み入れたお紋が、驚きの声を上げた。

「松倉さんだ。松倉さんがいるよ」

と、安次郎を振り向いた。

ふたりの女の背後から境内を見やった安次郎が、

「境内を虱潰《しらみつぶ》しに調べてる。何かあったのかな。聞いてくらあ。前原さん、ふたりのそばを離れないでくださいよ」

「承知した」

応じた前原を見返ることなく、安次郎が松倉に小走りに近寄って声をかけた。

「松倉さん、何が起きたんですかい」

顔を上げた松倉が、

「安次郎か」

手についた泥を払って立ち上がり、ことばを重ねた。

「用心のため武州屋に詰めていたのではないのか」

「お内儀《かみ》さんが急に、どうしても佃稲荷にお参りしたいといいだしやしてね。それで」

　鳥居の方を見やった松倉が、

「前原も一緒か。御苦労なことだな」

「女ふたりのお守りもなかなか大変で」

　揶揄《やゆ》した口調でいった安次郎が問いかけた。

「様子からみて、境内に落ちているかもしれない手がかり探しですかい」

「図星だ。浪人が三人、斬り殺された。いずれも腹を深々と斬り裂かれていた。御支配の見立てだと居合いの横薙ぎの一太刀らしい。凄まじい太刀捌きだといっておられた」

「そうですかい。物盗りの仕業ですかね」

「わからぬ。斬られたのは村崎道場の連中だ。杉太郎がつけていたが鳥居のところで当て身をくらって気を失った。その間に起きたことらしい」

「当て身をねえ」

　ちらり、と安次郎が目線を走らせた。杉太郎は自分のことが話の種になっているとはつゆ知らず、地面に這いつくばるようにして持ち場を調べている。

「武州屋のお内儀がしびれをきらしているぞ。早く行ったほうがいいのではないか」

笑いかけた松倉に安次郎が、

「そのとおりで。じゃ、愛想なしですが」

浅く腰を屈めた。

もどった安次郎に前原は何ひとつ問いかけようとしなかった。お千賀とお紋がいる。余計な話はせぬほうがよいと心づかいをしたのだろう。

佃稲荷の本殿に詣でたお千賀が、

「悪いけど絵馬堂をのぞいてみたいんだよ。あたしは奉納絵馬を見るのが大好きでね」

と安次郎に笑いかけた。

「仰せの儘《まま》に、お付き合いいたしやしょう」

男芸者さながらの軽口で安次郎が応え、無言で前原がうなずいた。

絵馬堂の表で安次郎と前原が見張っている。なかではお紋とお千賀がゆっくりと絵馬を眺めていた。

もう壁伝いに三度も見直している。

呆れ返ったお紋が話しかけた。

「お千賀姐さん、こんなに絵馬を見るのが好きだったっけ」

食い入るように絵馬を見つめていたお千賀がつぶやいた。

「ない。誰かが、あの絵馬を持ち去ったんだ。あの人だ。源三郎さんが動いてくれたんだ」

聞き咎《とが》めたお紋が問うた。

「源三郎さんがどうしたっていうんだい」

「あたしと源三郎さんは『たとえこの世で添えなくとも、こころのなかは夫婦でいよう。未来永劫《えいごう》、共白髪まで添い遂げようと誓い合って、この佃稲荷に絵馬を奉納したんだよ。年老いた、白髪頭のおかめとひょっとこの面をかぶったふたり並んで坐っている絵柄さ。そのふたりがかぶっている、おかめとひょっとこの面は、名のある面造りに頼んでつくってもらった。その面を絵馬に貼り付けたのさ。その面の下にはふたりの名が書いてある。おかめの面の下にはお千賀、ひょっとこの面の下には片桐源三郎、とね」

「それじゃ、檜原屋さんがいっていた密通の証というのは、その絵馬のことだったんだね」

「おそらく、そうだろうね。でも、その絵馬は、もうここにはない。お兼さんが行く方知れずになったと知った源三郎さんが、あたしのためにその絵馬をとりもどしてくれたんだ。いまでも源三郎さんはあたしのことを想ってくれてるんだ」

夢を見るようなお千賀の眼差しだった。見咎めて、お紋が声を荒げた。

「何いってんだい、お千賀姐さん。絵馬を片桐さんが持ってったかどうかわからないじゃないか。ひょっとしたら檜原屋の手に渡ってるかもしれないじゃないか。いいかい。お千賀姐さんのお腹んなかには、武州屋さんの子が宿っているんだよ。武州屋の身代を守り抜き、その子に引き継ぐのが深川っ子の、いや、深川芸者の心意気ってもんじゃないのかい。お千賀姐さん、深川芸者の気っ風と意気地を忘れたとはいわせないよ」

「お紋ちゃん、お紋ちゃんのいうとおりだよ。あたしも、そうおもおうとつとめている。でもね」

「でも、何なのさ」

「あたしゃ、いまでも、源三郎さんに惚れているのさ。骨の髄まで惚れているのさ。この想いだけは、どうにも、どうにもならないんだよう」

顔を背けたお千賀の目から、こらえきれずに溢れ出た大粒の涙がこぼれ落ちた。頬をつたって、ねっとりと、まといつくように流れていく。

「お千賀姐さん」

お紋には、お千賀の頬にからみつく涙は、源三郎への未練ごころが形となって現れたもののようにおもえた。

懸命にお千賀は泣き声を押し殺している。

表には安次郎と前原がいる。ふたりに泣き声を聞かれてはならぬとのおもいが、無意識のうちにお千賀に唇をかみしめさせていた。

が、一度、堰《せき》を切って溢れ出た涙だけは抑えようがなかった。とめどなく流れ出る涙がお千賀の頬を、小袖の胸元を濡らした。

見やったまま、お紋は茫然と立ち尽くしている。

二

武州屋へもどったお紋は、いつものようにお千賀の座敷に入ったものの、黙りこんだまままぼんやりと坐っている。

「どうしたんだい。躰の具合でも悪いのかい」

気になったのか、お千賀が話しかけた。

「このところ気を張っていたから疲れが出たのかもしれない」

応えたお紋がお千賀を見つめて、

「住まいにもどって着替えを持ってこようかしら。洗い物も溜まっているし、それと、慣れた枕で一寝入りしてくるよ。夕方までにはもどるよ、いいだろう」

笑みをたたえて問いかけた。精一杯、明るく振る舞っている。そうとしか見えないお紋の様子だった。

「心細いけど、仕方ないね。安次郎親分と前原の旦那に、そのこと、つたえておくよ」

曖昧な笑みを浮かべてお千賀が応じた。

「安次郎さんと前原さんには、出がけにあたしから話しておく。じゃ、行くね」

腰を浮かせたお紋にお千賀が、

「なるべく早く帰ってきておくれ。お紋ちゃんがいないと気分が沈み込んで、ついつい、いろんなことを考え込んでしまう」

「弱気はだめだよ。お腹の子のために気を強く持って頑張らなきゃ」

「そうだね。お腹の子のためにね」

手をあてたお腹をお千賀が愛《いと》おしそうに撫でた。

「なるべく早く帰って来るからね」

微笑んでお紋が立ち上がった。

貯木池沿いの通りをお紋は歩いていく。お紋には自分の住まいに帰る気は毛ほどもなかった。

鞘番所に出向き、佃稲荷の絵馬堂から盗みだされたおかめとひょっとこの面に隠された秘密を錬蔵に話す気でいる。

ごめんね、お千賀姐さん。もう、あたしの手にはおえないよ。そう、こころで詫びながらお紋は歩みをすすめていた。錬蔵が鞘番所にいないときには、帰ってくるまで待つ気でいる。

前をまっすぐに見つめて、お紋はさらに足を早めた。

門番所の物見窓の前に立ったお紋が、

「大滝さまはいらっしゃるかい」

なかに向かって声をかけた。

細めに障子を開けた顔見知りの門番が、

「なんだ、お紋さんかい。御支配はさきほどもどられて、いまは用部屋にいらっしゃる。直接、用部屋を訪ねても御支配は気分を害されないとおもうがね」

「そうさせてもらうよ」

門番の返答も待たずにお紋は潜り口へ歩み寄った。

大番屋の廊下を用部屋へ向かいながら、お紋はまだ迷っていた。佃稲荷に奉納されていた、おかめとひょっとこの絵馬にかくされていた秘密を錬蔵に話すことが、お千賀を裏切るような気がしてならない。

が、一方、ここまでやって来たのに、まだ逡巡している自分が歯痒くもあった。なんだい。粋《いき》と気風と心意気が売り物の、鉄火《てっか》芸者のお紋さんは、どこへいったんだい。しっかりおしよと、こころのなかで、もうひとりの自分がいまのお紋を叱りつけているような気がする。

いつのまにかお紋は錬蔵の用部屋の前に立っていた。かけようとした声をお紋は呑み込んだ。どう話を切り出していいかまだ迷っていた。

首を傾げたお紋は、おもわず溜息をついていた。

と……。

歩み寄る気配がして、なかから用部屋の戸襖が開けられた。

驚いて顔を上げたお紋の目に、じっと見つめる錬蔵の姿が飛びこんできた。いつもの優しげな錬蔵の眼差しではなかった。厳しいものが眼の奥にあった。

「お紋か。用部屋の前に人がいる気配がしたので気になって開けた。入るがよい」

戸襖の脇に錬蔵が躰をずらした。

足を踏み入れたお紋は戸襖のそばに坐った。いつもは錬蔵の長屋を訪ねている。安次郎が、そばにいることが多かった。ここは用部屋、ふだんとは勝手が違っている。そのことがお紋を臆病にしていた。

「どうした。座敷の真ん中に坐ればよいではないか」

声をかけた錬蔵が笑みをたたえてつづけた。

「そうだな。話はどこでも聞ける。おれが近くに坐ればいいだけのことか」

向かい合って錬蔵が坐った。お紋を見やってことばを重ねた。

「今朝方、佃稲荷で浪人が三人、斬られた」

「浪人が三人も」

驚愕がお紋をとらえた。佃稲荷の境内で調べ物をしている松倉をみつけて安次郎が声をかけ、何やら話をしていた。そのとき、安次郎は松倉から浪人が二人、斬り殺されていたことを聞かされていたはずなのだ。

が、安次郎は、そのことを一言もお紋とお千賀に話さなかった。

余計な不安を抱かせないようにとの安次郎さんの心づかいだったんだ。お紋はそう推測した。

今度の一件ではみんなが心配してくれている。もう隠し事なんかしちゃいけないよ。胸中でささやく声がした。その声がお紋を勇気づけた。錬蔵をまっすぐに見つめて話しだした。

「実は今日、お千賀姐さんが突然、佃稲荷に詣でたいといいだしてね。安次郎さんに前原さん、あたしの四人で佃稲荷に出かけたんだ」

「お千賀が佃稲荷に行きたかったわけは、年老いた白髪頭の、おかめとひょっとこの面をかぶったふたりが並んで坐っている絵柄の奉納絵馬が絵馬堂にあるかどうかたしかめるためではなかったのか」

驚いたお紋の顔が歪んだ。

「旦那、どうして、そのことを」

「万徳院だけではない。このところ、あちこちの寺社で、つづけざまに奉納絵馬が盗まれている。それも、一枚、二枚ではない。絵馬盗人はそれこそ根こそぎ、ごっそりと絵馬を盗んでいくのだ。奉納された絵馬に何かの秘密が隠されているに違いない。そうおもって探索の手をのばしていたところだ」

「その、おかめとひょっとこの面をかぶった白髪頭のふたりがならんで坐った絵柄の絵馬に、お千賀姐さんと、姐さんと夫婦約束した片桐源三郎さんの、ふたりの秘密が隠されていたんだよ。そのことを、お千賀姐さんが芸者の頃、ふたりの逢い引きのつなぎをやったり、何くれと世話をやいたりして動いていたお兼さんは知っていたに違いないんだ」

堰《せき》を切ったように話し出したお紋は、絵馬に貼り付けられたおかめとひょっとこの面の下にお千賀、片桐源三郎と、こころの夫婦となって共白髪になるまで添い遂げることを誓いあった証の、ふたりの名が書き込まれていること、ふたり揃って佃稲荷に、その絵馬を奉納しにいったことなどを、一気に話し終えた。

話し終えたお紋がすがる目で錬蔵を見た。

「このことは、今日、初めて知ったんだよ。この間、武州屋の裏の木置場で片桐さんのことを教えたときには、あたしは知らなかったんだ。ほんとだよ。信じておくれ。ほんとに知らなかったんだよ」

「わかっている。お紋、おまえは隠し事のできぬ女だとよくわかっている。お千賀と血の通った姉妹同然につきあってきた、いままでの経緯《ゆくたて》もすべて承知している。余計な心配はせぬことだ。おれは、おまえを信じている」

微笑んで錬蔵が告げた。

わずかな気持の動きも見逃すまいと、瞬《まばた》きひとつせず錬蔵を見つめていたお紋の顔に喜色が広がった。満面に笑みをたたえて声を高ぶらせた。

「ほんとかい。ほんとに、信じてくれてるんだね」

じっと見返して錬蔵が、

「信じている。これからもその気持は変わらぬ」

笑みを含んでいった。

「嬉しい。心底、嬉しいよ。今の話、知らせに来た甲斐があったよね。旦那の役に立ったよね」

「役に立った。おおいに役に立ったぞ。だがなお紋、早くお千賀のそばにもどってやれ。何が起きるか不安に怯《おび》えながら、お千賀が首を長くしてお紋の帰りを待って居るぞ」

「帰るよ。帰りゃいいんだろ。けど、お千賀姐さんも深川芸者の水になじんでいた癖に、ほんとに意気地なしだよ」

やりきれない気持を吐き捨てたお紋が、錬蔵を見つめて身をよじった。

「それにしても、邪険だね。もう少し、旦那のそばにいさせてくれたっていいじゃないか。邪魔にはならないだろう。もう少し、ここにいさせておくれよ」

色っぽい流し目を錬蔵にくれた。

「駄目だ。おれはこれから出かけねばならぬ。一刻を争う用事だ。ひょっとしたら間に合わぬかもしれぬ」

にべもない錬蔵の口調だった。立ち上がって刀架に歩み寄り大刀を手に取った。

「これだ。つれないねえ。帰るよ。帰りますよ。武州屋へもどりますよ」

ふん、とすねたようにそっぽを向いて、お紋が立ち上がった。

清住町の小兵衛長屋の露地木戸の前に錬蔵はいた。長屋の奥にある井戸の周りを子供たちが追いかけっこをして遊んでいる。そろそろ、働きに出て早仕舞をした者たちが帰ってくる頃合いだった。

露地の真ん中に溝板《どぶいた》が敷き詰められている。錬蔵は溝板を避けて片桐源三郎の住まいへ向かった。

着流し巻羽織という、いかにも探索方の役人という錬蔵の出で立ちを、物干し竿に干した洗い物を取り込みはじめた、肥《ふと》った、化粧気のない三十半ばとみえる長屋の女房が不安そうに見やっている。

住まいの前に立った錬蔵は声をかけた。

「片桐さん、おられるか」

返答はなかった。

躊躇することなく表戸に手をかけた錬蔵は、腰高障子を開けた。なかを見渡す。

住まいのなかは、訪ねてきたときと変わらぬ様子だった。

表戸を閉めた錬蔵は物干し場に歩み寄った。洗い物を取り込んでいる女房に声をかけた。

「小兵衛長屋の大家の住まいはどこだ。教えてくれ」

躰を縮められるだけ縮めて怯えきった女房が腰を屈めて頭を下げた。

肥った女房が教えてくれた大家の住まいは小兵衛長屋とは地続きの、離れをおもわせる一軒家だった。

訪ねてきて、片桐源三郎について聞き込みをかけた錬蔵に小太りの白髪交じりの大家は、

「片桐さんは、いい仕事がみつかったので三ヶ月ほど留守にする。何ヶ所か渡り歩くことになるので行く先は定まらぬ。店賃は前払いしておく。留守の間は住まいに時折、風を入れたりしてくれ。これは手間賃だ、と一分金を置いて、風呂敷包みひとつ

を手に出かけられましたよ」

と丁重に応えてくれた。

小兵衛長屋を後にした錬蔵は、片桐源三郎の行方をたどる手立てを思案しながら歩みをすすめた。行く先も告げず出ていった片桐には、小兵衛長屋にもどってくる気はないようにもおもえた。

野良犬を斬り捨てたといっていたが、なるほど、あの三人、野良犬といわれても仕方がないほど無頼が染みついた者どもであったな。胸中でつぶやいた錬蔵は、無意識のうちに苦い笑いを浮かべていた。

大刀をあらためて、刀身に血を拭いさったとおもわれる曇りを見出しながら、片桐源三郎を大番屋へ同道しなかったおのれの不覚を恥じつつ、錬蔵は大番屋へ向かって黙々と歩きつづけた。

三

炬燵《こたつ》を囲んでの冬の舟遊びでも愉《たの》しんでいるのか、一艘の屋形船が江戸湾をのぞむ大川の河口近くに停泊している。

屋形船の船頭が綿入れの半纏《はんてん》をすっぽりと頭からかぶり、煙管《きせる》を口にくわえた。煙が出ていないところをみると、ただくわえているだけのようにおもえた。

冬にしては風の弱い日がつづいている。ゆるやかに波打つ江戸湾の遙か西方には、晴れ渡った青い空を白い稜線で切り取った富士山が、たなびく白い雲の上に浮かんでいる。

が、客たちは風光明媚《ふうこうめいび》なその景色には興味がないのか、屋形船の障子は固く閉ざされていた。

屋形船には三人の男たちが乗りこんでいる。

総髪撫付《なでつけ》の町の道場主らしい男と大店《おおだな》の主人らしいふたりであった。

総髪撫付の武士は村崎貫八であり、商人風は丹沢屋と檜原屋だった。

炬燵に入って何やら話し合っている。こみ入った話らしく、三人とも顔に笑みはなかった。

「それでは佃稲荷に絵馬を盗みに行った門弟衆三人が、朝になってももどってこられなかったのですな」

渋い顔で問いかけた丹沢屋に村崎貫八が応えた。

「このところ、道場に鞘番所の見張りがついている。同心ひとりに下っ引きふたりの三人だ。昼と夜、交代しながら二組が見張っている様子だ」

顔をしかめた丹沢屋が、

「鞘番所の御支配の大滝さまはなかなかの利《き》け者、厄介《やっかい》なことになりましたな」

わざとらしく大きく舌を鳴らして檜原屋に向かって告げた。

「檜原屋さん、この二年の間にあんたに貸した三百両、今では利息が利息を生んで五百両近くなっているが、その金を元利まとめて返してもらいたくてわたしは手を貸してるんだよ。武州屋とは叔父甥の間柄、頼み込めば何とかなるという話が、途中から借金を申し入れたら断られたと変わった。商いで儲けて返すからというから仕入れの金を貸してやった。すべて呑み仲間の好意でやったことだ」

「丹沢屋さん、借りた金についちゃ、つねづね心苦しくおもっているんだ。だから、可愛い甥の武州屋殺しまで仕組んで、店の乗っ取りを企《たくら》んだんじゃないか。もうじきだ。もうすぐお千賀を追いだして、おれが武州屋に乗り込む。そしたら五百両くらいの金、なんとでもなる。借金はすぐ返せるんだ」

「その口車に乗って、わたしはうちの大事な用心棒の村崎先生まで引き合わせて、武州屋乗っ取りの片棒を担いでもらうようお願いしたんじゃないか。どこまで面倒みさせるつもりだい、えっ、檜原屋さん」

「申し訳ないとおもっているよ。だから、武州屋を乗っ取ったら、武州屋の身代の半分は丹沢屋さんと村崎先生にお渡しすると約束したじゃないか。損のない話だとおもうがね、わたしは」

小狡《こずる》そうな笑みを浮かべて檜原屋がことばを返した。

ふたりを見やって村崎貫八が、

「こうなったら、おもいきった手立てに出るしかないようだな」

「おもいきった手立てというと」

「どんな手を使うつもりで」

丹沢屋と檜原屋がほとんど同時に問いかけた。

「お千賀を追い出すための、密通の証の奉納絵馬を探すことなどやめて、盗人一味の仕業と見せかけて武州屋に押し込み、お千賀、住み込みの奉公人と家のなかにいる者を皆殺しにすれば、一挙にことが運ぶではないか。あくまで盗人一味がしでかしたこと、後は知らぬ顔の半兵衛を決め込む。ようは証拠を残さねばいいのだ」

丹沢屋が溜息まじりにつぶやいた。

「やれやれ、武州屋殺しにはじまって、内儀や店の者まで殺さねばならぬとは、五百両の取り立てが、とんでもないことに巻き込まれる羽目になってしまった。恨みますよ、檜原屋さん」

ことばとは裏腹、薄ら笑って丹沢屋が声をかけた。

「毒を食らわば皿までてございますよ、丹沢屋さん」

せせら笑って檜原屋が応じた。

「話は決まった。今夜、さっそく仕掛けることにしよう。善は急げというからな」

ふてぶてしい笑みを浮かべた村崎貫八に丹沢屋、檜原屋が狡猾《こうかつ》な笑いで合した。


大番屋にもどった錬蔵は文机の前に坐った。まだ処理していない届出書が文机の端に積まれている。

その届出書を取ろうとのばした手を錬蔵は止めた。

行方をくらました片桐源三郎のことが、どうにも気にかかっている。

深川を離れたとはおもえぬ。片桐源三郎は、この深川のどこかに潜んでいる。そう錬蔵は推断していた。

おかめとひょっとこの絵柄の絵馬を密かに佃稲荷の絵馬堂から持ちだそうと出かけてきた片桐源三郎は、やって来た浪人たちと尾行してきたとおもわれる下っ引きをみかけた。それで境内に入り込み、物陰に隠れて様子をみようとした。

浪人たちは、絵馬を盗み出す段取りなどを話し合いながらやってきたのかもしれない。片桐源三郎がその話の中身を立ち聞いたとしたら、どうするだろうか。

おそらく、つけてきた下っ引きに当て身をくれて気絶させ、浪人たちに斬りかかったに違いないのだ。

思案の淵に錬蔵は沈み込んでいった。

暮六つ（午後六時）を告げる時の鐘が聞こえてくる。その音色が錬蔵を現実にひきもどした。

佃稲荷の調べから松倉がもどってきてもいい頃合いであった。

そうおもったとき、廊下を踏む足音が聞こえた。ほどなく廊下側から声がかかった。

「松倉です」

「入れ」

入ってきた松倉が向き合って坐る間も惜しげに話しかけてきた。

「実は、佃稲荷から引き上げて来る道すがら、浜通りで村崎貫八を見かけたのでございます。いつもは供を連れているのに、なぜか独りで歩いておりました」

「独りで出歩くこともあるだろう」

「見張ったのはわずかの間でしたが、村崎貫八はいままで一度も独りで出かけたことはございません」

「何刻ごろだ」

「八つ（午後二時）を半ばほど過ぎていたかと」

「村崎貫八をつけたのだな」

「つけました。村崎貫八はまっすぐに道場にもどりました。が、小半刻（三十分）もせぬうちに動きがありました」

「動きが」

「浪人たちがふたり、三人と連れだって次々に道場から出ていきました。通り抜けに身を潜め、見張っていた溝口と話し合って、音吉、杉太郎、溝口の下っ引きたちと順繰りに浪人たちの後をつけさせました。が、とても四人では尾行するには駒不足で、その後、何組もやりすごしました。やがて、出ていった浪人たちが二十人余に達しました。これはおかしい。何か企んでいるのではないかと溝口が言い出しまして、とりあえず御支配に知らせに走った方がよいということになり、わたしがもどってきました。溝口は交代の八木がやってきたら、道場から新たに出てきた一組を尾行し、行く先を見届けたら大番屋へもどる手筈《てはず》になっております」

「下っ引きたちも大番屋にもどってくるのだな」

「そう下知してあります」

「村崎貫八め、どんな謀略をめぐらせているのか。溝口や下っ引きたちの復申を待つしかあるまい」

「お邪魔でなければ、わたしもこの場で待たせていただきます」

「そうよな」

応えて首を傾げた錬蔵が松倉に告げた。

「何があるかわからぬ。松倉、いま一度、村崎道場へ引き返し、見張りについている八木たちを引き上げさせろ。みなで大番屋に詰めて、異変が起きたときに備えたほうがよいかもしれぬ」

「三々五々と散って見張りの眼をくらまし、あらかじめ定めておいた一ヶ所に集まって襲撃を仕掛ける。よくある手でございますからな。用心するにこしたことはありませぬ。直ちに村崎道場に向かいます」

大刀を手に松倉が立ち上がった。

村崎道場から松倉とともに八木たちが大番屋にもどってきた。復申を終えたふたりは、下っ引きたちとともに同心詰所に引き上げていった。

やがて、見廻りに出向いていた小幡も帰ってきた。

しかし、溝口たちは一向にもどってこなかった。

帰り次第、みなで用部屋へ顔を出すように命じてある。錬蔵は壁に背をもたれかけて眼を閉じた。これから出役することになるかもしれぬ。それまで一眠りしても罰《ばち》は当たるまい。そう腹をくくっていた。

ゆっくりと錬蔵は眼を閉じた。


料理茶屋〈如月《きさらぎ》〉の表を見張れる町家の蔭に溝口は身を潜めていた。周りに杉太郎、音吉、下っ引きたちが雁首《がんくび》をならべている。つけてきた浪人たちが行き着いた先が大島町の如月だった。

如月の裏手は大島川になっている。見世の裏口を出たら誰にも見られず船着き場に出ることができるとあって、舟遊びを愉しむだけでなく密会の客も数多く利用する見世でもあった。

昼間、如月に村崎貫八がひとりで入っていった、との報告を尾行させた下っ引きから溝口は受けている。

ふらりと入った見世が気に入って配下たちとの酒宴の場にしようと思い立つ。よくある話であった。新たに村崎道場に加わった者たちがいると松倉から聞いている。おそらく村崎貫八が、古株の者たちと新参の顔合わせの宴を設けたのであろうと溝口は考えたのだった。

すでに四つ（午後十時）はまわっている。暮六つ過ぎから宴は始まっていた。長い酒宴となっている。

ひょっとしたら泊まり込むつもりでいるのかもしれぬ。そう推測した溝口は下っ引きを如月に走らせた。

客を送って表へ出てきた仲居に、下っ引きが十手をちらつかせて問いかけた。

「村崎道場の宴会はつづいているのかい」

「宴たけなわでございますよ」

「泊まり込むのかな、先生方は」

「そこのところは聞いておりませんが」

仲居が首を傾げて応え、

「お客さまがたてこんでおりますので」

と愛想笑いを浮かべて頭を下げ、足早に見世へ入っていった。

もどってきた下っ引きから話を聞いた溝口は、このまま張り込みをつづけるべきか、引き上げるべきか迷った。

が、一瞬の後には溝口は、九つ（午前零時）までこのまま張り込むと決めていた。

「村崎道場の酒宴が終わるまで張り込む。よいな」

下っ引きたちが無言で顎を引いた。寒いのか、みな一様に袖に手を入れて躰を縮こまらせている。溝口が派手にくしゃみをし、慌てて口を手で押さえた。

しかし、寒さに耐えながら張り込む溝口の判断は大きく外れていた。宴を愉しんでいるのは村崎道場を出た者の半数に過ぎなかった。残る十数名は裏口から出て舟に乗り、大島川から二十間川を抜けて貯木池の入り堀に架かる青海橋近くの土手に降り立っていた。

近くの木置場に潜んで時を過ごした村崎貫八らは四つを告げる時の鐘を聞くと、懐からとりだした強盗頭巾をかぶって立ち上がった。

「行くぞ」

河岸道には人影はなかった。

夜陰に乗じた村崎貫八たちは町家沿いに武州屋へ向かった。

同門の者に肩車されたひとりが、武州屋の裏手の木置場へ入る木戸の柵に手をかけ、身を持ち上げて乗り越えた。降りたって木戸口の閂《かんぬき》を抜く。木置場から建家に向かって強盗頭巾たちがすすんでいく。後ろから村崎貫八がつづいた。

先頭を行く強盗頭巾が見世からつらなる住まいに近づいたとき、庭木の蔭から黒い影が飛び出してきた。

次の瞬間、走り寄った黒い影の腰間から閃光《せんこう》が迸《はし》った。

大きく呻き声を発して先頭を行く者が倒れ込んだ。閃光が黒い影に吸い込まれたかとおもうと、再びその腰間から鈍色の光が走った。

ふたりめの強盗頭巾がのけぞって倒れた。

「待ち伏せだ。誰かが待ち伏せているぞ」

叫び声が上がった。


その声は座敷のなかにも聞こえていた。お千賀とお紋の寝間の、隣の座敷で警固していた前原と安次郎がそれぞれ大刀と長脇差を引き寄せ顔を見合わせた。

「夜襲だ」

「誰かが張り込んでくれていたのだ。御支配か、溝口さんか」

前原と安次郎が同時に声を荒げた。

立ち上がった安次郎が襖ごしに声をかけた。

「お千賀さん、お紋、座敷から一歩も出ちゃいけねえぜ」

仮眠をとっていたのか、搔巻をずらしながら寝惚け眼で起きだした政吉に、前原が声高に告げた。

「政吉、おまえは、おれたちが開けた雨戸を閉めろ。閉めたら、そのまま廊下で待ち伏せるのだ。斬り合いはおれたちがする」

「わかりやした」

あわてて跳ね起きた政吉が壁に立てかけた長脇差に手をのばした。

雨戸を開けて安次郎と前原が斬り合いの場に向かって走ろうとして足を止めた。

着流しの強盗頭巾が強盗頭巾たちと斬り合っている。

着流しの強盗頭巾は居合いが得手なのか、ひとりを斬り倒しては、走りながら大刀を鞘におさめ、再び居合いの早業でふたりめの強盗頭巾を斬って捨てた。すでに骸が五つ、転がっている。

「着流しは味方ですぜ」

声をかけた安次郎に、

「承知」

と、短く応じた前原が斬り合いの場に斬り込んで行く。安次郎がつづいた。

おもわぬ待ち伏せに強盗頭巾たちは浮き足立っていた。

形勢不利と見てとったか村崎貫八が怒鳴った。

「引け。引き上げるのだ」

その下知に強盗頭巾たちは一斉に裏の木戸門へ向かって走り去った。

着流しの強盗頭巾もまた木置場の奥へ走り去っていく。その姿は、瞬《また》く間に闇のなかに吸い込まれた。

「どうしたんでえ。着流しの強盗頭巾もどっかへ消えちまいましたぜ」

「眼にもとまらぬ居合いの早業。まさしく手練の技。あれほどの腕の持主、どこの何者であろうか」

着流しの強盗頭巾が消え去ったあたりを見つめて前原がつぶやいた。

同じおもいで安次郎も立ち尽くしている。

四

顔を出した朝日が江戸の町々を朱《あか》く染め始めた頃、深川大番屋の表門を激しく叩く者がいた。

門番が物見窓を開けると、男は浅く腰を屈めて声高に告げた。

「政吉と申しやす。急ぎ御支配さまにお知らせしたいことがありまして駆けつけました。武州屋に賊が押し込みやした」

「すぐ潜り口を開ける」

門番所から門番が走り出る足音が響き、なかから潜り口が開かれた。

入ってきた政吉に門番が声をかけた。

「門番所で待つがよい。御支配に取り次いでくる」

潜り口に閂《かんぬき》をかけ、門番が錬蔵の長屋へ走った。

門番所の表戸を開けて足を踏み入れた政吉は、寒いのか躰を縮めて鼻をすすり上げた。板敷の間に切られた囲炉裏《いろり》の近くに寄り腰を下ろす。寒さしのぎか揉み手をし貧乏揺すりを始めた。

ほどなくして小袖を着流した錬蔵が、門番とともに門番所に現れた。

気づいて立ち上がった政吉に錬蔵が問いかけた。

「武州屋が襲われたと聞いた。みんなは無事か」

「あっしも含めて、かすり傷ひとつ負っちゃおりません」

「安次郎と前原が防いだのだな」

「それが、そうでもないんで」

「そうでもないとは」

「あっしは雨戸を閉めた廊下で、お内儀さんやお紋さんを守っていたんで見てないんですが、何でもめっぽう腕の立つ助っ人が庭に潜んでくれていたらしいんで。押し込んできた連中は、その助っ人の居合いの早業に度肝を抜かれて」

「その助っ人は居合いの達人だと申すか」

おもわず声を高めた錬蔵に訝《いぶか》しげな眼を向けた政吉が、

「大滝さまは、その居合いの達人のことをご存じなので」

「会ったことはない。が、佃稲荷でその太刀筋には出くわした」

「太刀筋にですかい。あっしらにはよくわからねえ話ですね」

訝しげに首を捻った政吉に錬蔵が、

「その居合いの達人に度肝を抜かれた賊どもは、どうしたのだ」

話のつづきをうながした。

「前原さんと安次郎さんが、突然上がった呻き声を聞きつけて、押《お》っ取《と》り刀《がたな》で木置場を兼ねている庭に飛び出した。見ると、強盗頭巾をかぶり、小袖を着流した二本差しが大刀を居合い抜きしては鞘にもどし、また居合い抜きを決めては鞘に入れるを繰り返した。瞬く間に五人を斬り倒している。そこへ前原さんと安次郎さんが斬り込んだ。斬り結んで、すぐに頭格が引き上げを命じた。鮮やかな引き際というやつで、あっという間に逃げ去った。着流しの強盗頭巾も闇のなかに消え去ったという次第で」

「五人の骸が転がっているといったな。斬られたまま放置されているのだな」

「安次郎さんがついておりやす。そこに抜かりはありません」

「支度をととのえる。暫時《ざんじ》、待て」

と政吉にいい、門番に、

「松倉と溝口、ふたりの下っ引きたちに出役の支度をととのえて直ちに門番所へ来るようつたえよ。それと、小者たちに荷車を三台手配して武州屋へ向かうようにともな」

「承知しました」

頭を下げて門番が門番所から走り出ていった。

顔を向けて錬蔵が告げた。

「政吉、おれも出役の支度をととのえる。待っていてくれ」

武州屋へ行く道すがら溝口が、

「面目ない。まんまと裏をかかれてしまいました。うかうかと張り込みをつづけていたとは、ただただ恥じ入るばかり。申し訳ない」

と何度も繰り返し錬蔵に頭を下げた。

「すんだことは仕方がない」

一言応えたきりで錬蔵は、以後、ことばを発しなかった。

武州屋の裏の木戸の前に立った前原が、錬蔵たちがやってくるのを待ち受けていた。

近づいてきた錬蔵に気づいた前原が歩み寄って声をかけた。

「骸は斬られたときのまま放置してあります。誰も近寄らぬよう安次郎が見張っています」

「御苦労だったな。怪我がなくて何よりだ」

ねぎらいのことばをかけた錬蔵に前原がはにかんだ笑みをみせた。

「こちらへ」

先にたった前原が木戸門の扉を開けた。まず錬蔵が入り、松倉、溝口、下っ引きたちがつづいた。前原が周囲に警戒の目線を走らせ、なかに入って木戸を閉めた。見張りのためか、木戸の内側に前原は身を置いた。

「あのとおりで」

裏の木置場に歩みをすすめた錬蔵に安次郎が走り寄った。

目線で散乱する骸をしめした。錬蔵が安次郎の視線の先を見やった。俯せた骸の腹の下の地面が血で赤黒く染まっている。

「佃稲荷のときと同じだ」

誰に聞かせるともなく、錬蔵がつぶやいた。

「何が同じなんで」

聞き咎《とが》めた安次郎が問いかけた。

「骸の腹の下を見ろ。溢れ出た血で汚れている。手練の居合いの早業で、脇から腹を一文字に切り裂いたのだ」

「佃稲荷にも出たんですかい、居合いの上手は」

「杉太郎に当て身をくれるという、おまけ付きでな」

「杉太郎が、当て落とされたんですかい」

ちらり、と安次郎が杉太郎を見やった。ばつが悪そうに杉太郎がうつむいた。骸のひとつに近寄った錬蔵が膝を折ってあらためた。顔を上げて声をかけた。

「安次郎、音吉、骸を仰向けにしてくれ」

安次郎と音吉が骸の肩と腰をつかみ、引き起こした。骸が上向きになった。深々と断ち割られた腹から内臓がこぼれ落ちそうになったのを、あわてて音吉が小袖の上から押さえた。

「見事なものだ。佃稲荷のときより太刀筋が鋭くなっている。一太刀で必ず殺す、との意志が強く現れている証だ」

おそらく片桐源三郎の仕業に違いない、と錬蔵はおもった。

行方をくらましたとみせかけた片桐は、密かに武州屋の庭に潜り込んでお千賀を守ろうとしているのだ。

それほどまでお千賀に惚れ抜いていたのか。片桐源三郎のおもいを、錬蔵は胸中で探っていた。錬蔵が、お兼が殺されたと告げたとき、片桐が凄まじいまでの怒りを迸《ほとばし》らせた。なぜ、これほどまでに憤《いきどお》るのか錬蔵には理解し難かった。

が、いまは、推察できた。お兼は片桐源三郎にとって、お千賀との仲を心の底から心配して世話をやいてくれた、かけがえのない人だったのだ。

それが無惨に殺された。成り行きからみて、おかめとひょっとこの絵馬をめぐって、あくどい謀略がめぐらされていると察した片桐は、単身、その悪の一味と戦う決意をかためたのだろう。

「命をかけたか」

おもわず口を突いて出た最後のことばを、錬蔵は呑み込んだ。

「恋に」

という一言を、発することが、なぜかはばかられた。

その瞬間……。

錬蔵の躰の奥底から込み上げてくるものがあった。

貧しい浪人の暮らしを、愛《いと》しい女にさせたくないとの片桐源三郎の理が、お千賀への情を堪えさせ、抑えさせたのだ。お千賀もまた、頑ななまでの片桐のおもいをくつがえすことが出来ぬまま、武州屋へ嫁いだ。

一時の迷い、こころのままに生きることを決めかねたことを悔《く》いて、未練を捨て去ることができぬ片桐源三郎とお千賀が、唯一、心底、惚れ合った証として残したのが、おかめとひょっとこの絵馬だったのだ。

（哀れな）

と、しみじみおもう。が、錬蔵にはかかわりあうことさえできぬ、どうにもならぬことであった。

次の骸をあらためるべく錬蔵は立ち上がった。

最後の骸を錬蔵があらため終えたとき、前原とともに三台の荷車を牽いて小者たちがやってきた。

気づいた錬蔵が振り向いて命じた。

「骸を荷車に積み込め。大番屋へ運ぶ」

顔を溝口と松倉に向けて聞いた。

「骸の顔は、しかとあらためたな」

「あらためました。村崎道場の連中に違いありませぬ」

「見覚えのある顔、まず間違いないかと」

溝口と松倉が相次いで応えた。

前原と安次郎を、そのまま武州屋に残し、錬蔵たちは大番屋へ引き上げていった。

大番屋へもどった錬蔵は荷車をさらに一台、手配するように小者たちに命じた。

用部屋に入った錬蔵は、空を見据えて腕を組んだ。

ややあって、うむ、と錬蔵はひとり大きくうなずいた。おのれの考えを、おのれ自身に納得させるための所作であった。

立ち上がった錬蔵は刀架に架けた大刀を手に取った。

見廻りに出ているのは小幡ひとりだった。広い深川をひとりで見廻る。端から無理なことといえた。武州屋からもどる道すがら、錬蔵は溝口と松倉を見廻りに向かわせるつもりでいた。

が、いまは違っている。八木は村崎道場の張り込みの任についていた。

成り行きによっては斬り合うことになろう、との予感が錬蔵にある。

同心詰所に顔を出した錬蔵が溝口と松倉に下知した。

「これより、佃稲荷と武州屋から運んできた村崎貫八の配下たちの骸を村崎道場に運び込む。骸を動かぬ証として村崎貫八や高弟たちを引っ捕らえ、大番屋にて取り調べる。謀略の全容を聞き出すためには拷問もいとわぬ」

眦《まなじり》を決して溝口と松倉が顎を引いた。

荷車に縛り付けた骸に錬蔵は筵《むしろ》もかけさせなかった。

腹を切り裂かれた無惨な八体の骸を乗せた荷車三台が通りをすすんでいった。荷車の前に錬蔵、溝口、松倉、下っ引きたちが周囲を固めている。

道行く人々が気色悪げに顔を背けて荷車を避けて通りすぎていった。荷車に縛り付けられた骸は、まさしく晒《さら》し者であった。

あえて錬蔵が骸を人目に晒したのには、ひとつの狙いがあった。

本気で深川大番屋が武州屋の一件に乗りだした、ということを檜原屋と丹沢屋に知らしめるためであった。骸の無惨な有り様を見た町人たちのなかには、檜原屋たちの知り人もいるだろう。無惨な骸を荷車に乗せて、いずこかへ向かう大番屋一行の噂は必ずや檜原屋たちの耳に入るに違いない。

村崎道場の間近に迫った錬蔵一行を見出して、八木たちが駆け寄ってきた。

「村崎道場には何の動きもありません」

復申した八木に錬蔵が告げた。

「これより村崎道場に乗り込む。骸を証に村崎貫八や高弟たち数名を捕らえて、大番屋で取り調べる」

息を呑んだ八木が大きく顎を引いた。

村崎道場の開け放たれた門をくぐって錬蔵たちが式台に向かってすすんでいく。

奥へ向かって錬蔵がよばわった。

「深川大番屋支配、大滝錬蔵である。昨夜、材木問屋、武州屋に賊が押し込んだ。迎え撃った者が賊の五人を斬り倒した骸の顔をあらためたところ、村崎道場にかかわりのある者たちと判明した。事情を聞きたい。村崎貫八殿はじめ高弟数人を大番屋まで連れて行くと決めた。まずは顔を出されい」

十数人の無頼浪人たちが奥から出てきた。

「行かぬ、といったらどうするつもりだ」

吠え立てた浪人に錬蔵が応えた。

「腕ずくで連れて行くだけのこと」

「なに」

無頼たちが一斉に大刀を引き抜いた。

そのとき……。

「騒ぐでない」

との声がかかった。

出てきた村崎貫八が錬蔵を見やった。ふてぶてしい笑みを浮かべて話しかけた。

「おぬしが深川大番屋支配、大滝錬蔵殿か。わしの知り人の名無しの権兵衛殿によく似ておられる」

不敵な笑みで錬蔵が応えた。

「おとなしく同道するか、それとも縄目の恥を受けるか。どちらを選ぶかは村崎殿次第」

「縄目の恥は御勘弁願いたい。おとなしくついていく所存。支度があるゆえ暫時《ざんじ》待たれよ」

「武士に二言はないな」

「不浄役人に武士の心得を解かれるほど落ちぶれてはおらぬ。待たれよ」

吐き捨てた村崎貫八が錬蔵の返答も待たず奥へ消えた。

小者たちを振り向いて錬蔵が告げた。

「骸を下ろせ。弔うか、どこぞに打ち捨てるかは村崎道場の方々にお任せするのだ」

顎を引いた小者たちが、骸を荷車に縛り付けた縄をほどきはじめた。

小半刻（三十分）もせぬうちに羽織をまとった村崎貫八、高弟とおもわれる数人が出てきた。錬蔵をみつめ村崎貫八が声をかけた。

「おまたせした。大番屋でも地獄でも、どこへでもお付き合いしよう」

「大番屋へ案内いたす」

見返して錬蔵が告げた。

五

「とりあえず牢に入っていただこう」

牢の扉を開けて錬蔵が振り返った。大番屋に入ったときに、村崎貫八らが腰に帯びていた大小二刀は取り上げている。

覚悟を決めているのか村崎貫八も高弟たちも、錬蔵たちに抗《あらが》おうとはしなかった。

「入れられるとしたら座敷牢かとおもっていたが、これは手ひどい扱いだな」

苦笑いしながら村崎貫八が声をかけてきた。

「残念ながら大番屋には座敷牢がない。ここで調べを待ってもらう」

まず高弟たちが、最後に村崎貫八が牢に入った。

牢の鍵をかけて錬蔵が、

「調べは明日から始める。今夜はゆっくり休むがよい」

そういって背中を向けた。松倉、溝口、八木がつづいた。

用部屋にもどった錬蔵は、文机の前に坐った。村崎貫八の兄、禄高三千石の大身旗本、村崎吟治郎がどういう出方をしてくるか考えている。いままで村崎貫八が窮地に陥《おちい》ると吟治郎がしゃしゃり出てきて大身旗本の勢威を笠に着て横車を押しまくる、と河水の藤右衛門から聞いていた。

支配違いを言い立てて、弟、貫八は旗本の一族、しかも大身旗本、村崎家の剣術指南役でもある。町道場の主といえども浪人扱いはならぬ、と申し入れて来るのはあきらかだった。

そうなれば恩着せがましく村崎貫八を解き放してやろう、と錬蔵は腹をくっていた。

おそらく村崎貫八は、再度、武州屋に夜討ちを仕掛けてくるに違いない。昨夜、武州屋を襲ったということは、凶賊の仕業とみせかけてお千賀を葬り去ると決めたからだろう。

牢から出たら、日を置かず武州屋を襲うはず。錬蔵はそう推察していた。

弟の貫八さえ牢から出してやれば、村崎吟治郎はいったんは手を引くだろう。

その後、どう出るか成り行きにまかせるしかない。思案を断ち切って、錬蔵は文机の端に置いた届出書を手に取った。

目を通すと、その書付は指図書が必要なものであった。

脇に置いてあった硯《すずり》箱の蓋をとり筆を手にした。巻紙を開いた錬蔵は指図書を書き始めた。

南割下水の旗本屋敷の建ちならぶ一角に村崎吟治郎の屋敷はあった。

その屋敷に血相変えて駆け込んできた浪人がいた。村崎道場の師範代風の男だった。

門番とは顔見知りなのか、

「入るぞ」

横柄に声をかけた師範代風の男は式台の前に立ち、奥へ向かって声をかけた。

「村崎道場の師範代、武藤熊之助《むとうくまのすけ》でござる。殿に火急の用があって参上した。村崎先生から殿宛の書状を預かってきております。お取り次ぎ願いたい」

用人とおぼしき、鶴のようにやせ細った五十がらみの白髪交じりの武士が顔を出し、立ったまま声をかけた。

「殿は、お昼寝じゃ。眼が覚められるまで待っていただくしかないが、それでもよろしいか」

「待たせてもらいます。一大事でございますれば」

「控えの間で待っていただく。案内いたす」

背中を向けた用人に武藤熊之助がしたがった。

半刻(一時間)ほどして用人が控の間へ武藤を呼びに来た。

「殿様が会われるそうだ。寝起きは御機嫌が悪い。ことばづかいには気をつけてくれ」

先に立って歩きだした。

接客の間の上座に村崎吟治郎は坐っていた。入ってきた武藤熊之助が向かい合って坐り、村崎貫八から預かってきた書状を吟治郎に差し出した。用人は襖のそばに控えている。

村崎吟治郎が書状を開いて読み始めた。

読み終えて、鼻先でせせら笑った。

「貫八め、欲をかきおって。わしにも儲けを渡すから手を貸してくれといってきた。困った奴だ」

ことばとは裏腹に満更でもない顔つきだった。

用人に向かって告げた。

「野島、寄合組組下で暇を持て余している者たちを集めろ。深川大番屋の不浄役人どもをいたぶって一遊びする気はないか、といってな。人手は多ければ多いほどよい」

「承知しました。さっそく手配りいたします」

顎を引いて野島が立ち上がった。

肩でも凝ったのか、首をゆっくりと回して村崎吟治郎が武藤に声をかけた。

「明日の昼には貫八は道場にもどってくるだろう。それまで道場から一歩も出るな。おとなしくしているのだ。わかったな」

「何とぞよろしくお頼み申し上げます」

畳に額を擦りつけんばかりに武藤が深々と頭を下げた。


明六つ（午前六時）を告げる時の鐘が鳴り終わる頃、血相を変えた門番が錬蔵の長屋に駆け込んできた。

捕物の出役がない限り、行っている木刀の打ち振りを終えて井戸端で汗を拭っていた錬蔵に門番が声高に告げた。

「御支配、旗本寄合組の方々が大番屋を取り囲んでおられます。すみやかに村崎貫八一党を渡さねば、大番屋に踏み込むと寄合組有志を束ねる村崎吟治郎さまが、それは凄まじい剣幕で」

「旗本寄合組の有志を募って乗り込んでまいったと申すか」

袖に腕を通しながら錬蔵が応えた。寄合組有志ということが気にかかった。寄合組は無役《むやく》の大身旗本が配される組織である。身分が高い上に暇を持て余している、町奉行所にとっては厄介な相手であった。

門番に錬蔵が下知した。

「ことばどおりに、まこと大番屋が取り囲まれているかどうか、裏門から出て見廻ってこい。支度をととのえる。見定めたら、いま一度長屋に報告に来てくれ」

「わかりました」

顎を引いて門番が踵《きびす》を返した。

着流し巻羽織の出で立ちに着替えて大刀を腰に差しながら練蔵が板敷の間へ出ていくのと、門番が表戸を開けて飛びこんで来るのがほとんど同時だった。

門番が上ずった声を上げた。

「囲まれております。旗本衆とその家臣たちが数十人、大番屋の塀に沿ってならんでおられます。寒さしのぎか火鉢など持ち込んでおられる方も見うけられます」

「松倉たちに、今日は、おれが下知するまで見廻りに出ずともよい。同心詰所で待て、とつたえるのだ」

「直ちに」

門番が表戸から走り出ていった。

用部屋へ向かうべきか、それとも、いますぐ村崎吟治郎と話すべきか、外へ出た錬蔵は表戸の前で足を止め、首を傾げた。

しばらくの間、村崎吟治郎をはじめとする寄合組の面々をほったらかすのも一興。腹をくくった錬蔵は用部屋へ向かって歩きだした。

用部屋へ入った錬蔵は、朝飯をすませてから村崎吟治郎と話をすると決めていた。ほどなく門番が握り飯ふたつと根深汁、香の物の朝餉を膳にのせて用部屋へ運んできた。

膳を錬蔵の前に置いて、おずおずと声をかけてきた。

「深川大番屋支配は何をしている。不浄役人の分際で我ら寄合組の面々を寒中、表で待たせるとは無礼千万、といきり立っておられます」

「怒らせておけ。前触れもなしに勝手に押しかけてきたのだ。大身旗本の身分に甘んじて、常日頃はぬくぬくと暮らしている御歴々だ。たまには寒さに震え上がってみるのも、人の道を知るための修行のひとつになろうよ」

握り飯を錬蔵が頰張った。

大番屋の表門の潜り口から錬蔵が出てきたのは、村崎吟治郎がやって来てから小半刻（三十分）ほど後のことであった。

気色ばんで錬蔵を睨《ね》め付ける村崎吟治郎や寄合組の面々を見回して錬蔵が声高に告げた。

「村崎吟治郎様に申し上げる。深川大番屋支配、大滝錬蔵でござる。村崎貫八は材木問屋武州屋に押し込んだ兇賊の頭。幸い、張り込んでいた者たちの奮闘で武州屋の主人、住み込みの奉公人たちに害は及びませなんだが、刀を振りかざして押し込んだは事実。押し込んだ者が配下であることは村崎貫八も認めております。科人《とがにん》を引き渡すわけにはいきませぬ」

怒りに躰を震わせて村崎吟治郎が吠えた。

「黙れ。町方の分際で戯言《ざれごと》は許さぬ。村崎貫八は直参旗本三千石、村崎家の一族なるぞ。町方には武家は裁けぬ。支配違いであること、知らぬとはいわせぬ。すぐ貫八を引き渡せ」

「無体な言いがかり。よしんば村崎貫八は支配違いとして引き渡すとしても高弟たちは浪人。浪人を裁くは町奉行所の役務。このこと、村崎様には、どう判断なさる所存」

「小賢しいことをいいたておって。高弟たちは村崎家へ剣術指南役として出入りしている家来も同然の者、町奉行所が裁く相手ではない。四の五の言わずに引き渡せ」

「横車を押すにもほどがありまする。盗人の押込み同然の悪事を為した村崎貫八一党を素直に引き渡すわけにはまいりませぬ。これより大番屋に立て籠もり、かなわぬまでも寄合組の御歴々と斬り死に覚悟で一戦交えるつもり。これにて、いまの話し合いを打ち切らせていただく」

いうなり身を翻《ひるがえ》して錬蔵が潜り口に消えた。迅速な動きであった。

「おのれ、逃げるか、卑怯者め」

追った村崎吟治郎の目前で潜り口が閉じられた。押したが閂《かんぬき》がかけられているのか、びくともしなかった。

「卑怯者め。出てこぬか、不浄役人」

地団駄踏んで悔しがって村崎吟治郎が吠え立てた。

同心詰所に入って来た錬蔵を松倉、溝口、八木、小幡が不安げに見やった。

「大丈夫でしょうか」

おずおずと八木が聞いてきた。

「何か、心配事でもあるのか」

逆に錬蔵が問い返した。

「いえ、別に」

気まずそうに八木がうつむいた。

「いずれにしても、夕刻まで旗本の御歴々に立ち番していただくつもりでいる。たとえ相手が大名であろうと、わずかでも弱気なところを見せれば、この深川の取り締まりはできぬ。深川は無頼の住処《すみか》だ。一度、舐められたら、とことん甘くみられる。たとえ最後は相手のいうことを聞いてやるにしても、あくまでも恩着せがましく動いてやらねばならぬ。まだ、その時ではない」

「如何様。この深川では、一度、舐められたら負け犬同然、見廻りに出ても、尻尾をまいてこそこそと逃げまわることになります。その屈辱をかつて味わった身。二度とあのようなおもいはしたくありませぬ」

神妙な溝口の物言いだった。

「御支配と村崎吟治郎との話、表門の蔭で聞いておりました。斬り死に覚悟で一戦交えるつもりでおります」

眦《まなじり》を決して小幡が拳を握りしめた。

「夕刻まで、やることがありませぬな。繕い物でもして時を過ごしますか」

のんびりとした口調で松倉がいった。

「いずれにしても夕刻には村崎貫八を解き放たねば、村崎吟治郎はじめ寄合組の御歴々の面子が立つまい。まことの勝負は深更になるはず」

「深更に、何が起きるというので」

問いかけた溝口に、

「おそらく解き放たれたをこれ幸いと、一気に決着をつけようと村崎貫八が一党を引き連れて武州屋へ斬り込むはず。我々は武州屋を張り込み、奴らを迎え撃つのだ」

不敵な笑みを浮かべて錬蔵が応えた。


七つ（午後四時）を告げる時の鐘が鳴り響いている。しばらくの間、騒ぎ立てていた村崎吟治郎たちだったが疲れたのか、いまでは持ち込んだ火鉢を取り囲んで坐っていた。

突然、大番屋の表門の潜り口が開いて錬蔵が出てきた。

「条件つきで村崎貫八と高弟たちを引き渡す所存。その条件、呑まれるか」

火鉢にあたっていた村崎吟治郎が立ち上がった。

「どんな条件だ」

「町奉行所より評定所へ村崎貫八らの悪事を書き連ねた上申書を出しまする。評定所が訴えを取り上げられるときまで、村崎貫八らの身柄を預かると約定《やくじよう》していただければ、お渡し申す。ご返答願いたい」

「村崎吟治郎、そのこと、たしかに約定する」

「武士に二言はありませぬな」

「くどい。武士に二言はない」

「それでは、村崎貫八らをお渡しいたす」

表門が左右に開かれた。

門扉の後ろに村崎貫八らが薄ら笑いを浮かべて立っていた。

潜り口の前にたつ錬蔵に声をかけ、村崎貫八らが門から出て行く。

見届けて錬蔵が潜り口からなかへ入るのを合図に門扉が閉じられた。

「お務め、御苦労」

外から村崎吟治郎や寄合組の面々が上げる勝鬨《かちどき》が聞こえた。振り向くことなく錬蔵は用部屋へ向かった。

一刻（二時間）過ぎても村崎吟治郎ら寄合組の旗本たちは深川大番屋の包囲を解こうとはしなかった。

用部屋で錬蔵は思案に暮れていた。

あらかじめ村崎兄弟の間では今夜一晩、大番屋を取り囲む、ひとりも外へ出さぬ、と決めていたに違いない。錬蔵は、寄合組の面々もくわわっての強談判《こわだんぱん》、村崎貫八を引き渡せば事はおさまり、引き上げるはずと推測していた、おのれの見立てが甘かったことを恥じていた。

無役とはいえ寄合組は大身旗本の集まりである。横車は押しても無法の片棒は担ぐまい、と推量していたのだ。

が、包囲を解かぬことが、逆に、村崎貫八一味は今夜、武州屋を襲う、まず間違いあるまい、との確信を錬蔵に抱かせていた。

どうすれば村崎吟治郎らの囲みを突破できるか。それだけを錬蔵は考えつづけた。

陽が落ちたのか用部屋に闇が広がってきた。

行灯に歩み寄った錬蔵は火打ち石と火打ち鉄を手に取った。

打ち合わせて行灯に火を点した。

揺れる炎が錬蔵に、突拍子もない奇策をおもいつかせた。

立ち上がった錬蔵は前原の長屋へ急いだ。囲みを抜けて大番屋の外へ出るのは女でないと無理だと錬蔵は踏んでいた。

前原の長屋の前に立った錬蔵は表戸を開け、お俊を呼び出した。

それから小半刻ほどして大番屋の表門の潜り口からお俊が出てきた。

村崎吟治郎が立ち塞がって、吠えた。

「大番屋の者は、たとえ女でも一歩も外へ出すわけにはいかぬ。なかへ引き返せ」

必死の面持ちでお俊が声を上げた。

「幼子が急な発熱で苦しんでおります。薬を求めにまいります。何とぞ、お慈悲をもってお通し下さいませ」

腰を屈めたお俊が深々と頭を下げた。

「ならぬ。もどれというのだ」

腕ずくで押し返そうと迫った村崎吟治郎に寄合組のひとりが声をかけた。

「熱を出している幼子のために薬を取りに行こうというのだ。相手は女。物腰からみて、おそらく小者の女房であろう。通してやれ」

「しかし」

不満げに眉をしかめた村崎吟治郎にかまわず寄合組のひとりがお俊に告げた。

「通るがよい」

「ありがとうございます」

何度も頭を下げながらお俊が囲みの輪から抜け出て歩き去っていく。

「くそ、何事もなければよいが」

腹立たしげに村崎吟治郎が吐き捨てた。


土間からつづく廊下で仲居に何やら指図していた藤右衛門が、河水楼に入ってきたお俊に気づいて声をかけた。

「お俊さん、何かあったのかい」

「大滝の旦那の使いで来ました。藤右衛門親方に、何が何でも引き受けて貰わねばならぬ用があります」

「何が何でも、と大滝さまが仰有るのだね」

「そう藤右衛門親方につたえてくれ、と」

「こんなところではまともな話はできぬ。座敷へ上がりなさい」

先に立って藤右衛門が帳場の奥の座敷へ入っていった。お俊がつづいた。

話を聞き終えた藤右衛門がお俊に問いかけた。

「大滝さまは火消しの手配が出来たら、火の見櫓《やぐら》の半鐘を鳴らしてくれ。その半鐘の音を合図がわりに大番屋の庭に積み上げた古い材木や薪《まき》に火をつけると仰有っているのだね」

「そうです。大番屋を取り囲む村崎吟治郎や寄合組の御歴々を引き上げさせるのはその手しかないと」

「火消しを、あらかじめ手配していないと乾ききった冬のこと、ほんとの大火事になったら大変なことになる、と判断されての大滝さまの申し入れか」

「手配りできますか」

身を乗りだしてお俊が聞いた。

笑みをたたえて藤右衛門が応えた。

「河水の藤右衛門、その気になればこの程度のこと、さほど難しくはありませんよ。すぐにも火消しの親方に話をつけましょう。お俊さんは、これからどう動くつもりかな」

「大滝の旦那からは、藤右衛門親方が引き受けてくださったら大番屋にはもどらずともよい、といわれてきました」

「それなら、事が落着するまでこの座敷で過ごすがいい」

「おことばに甘えさせていただきます」

神妙な面持ちでお俊が頭を下げた。

同心詰所で待つ松倉ら同心四人には、いつでも出かけられるよう支度をととのえさせている。錬蔵は庭に出て、櫓下《やぐらした》や裾継《すそつぎ》の岡場所の灯りを受けて朧《おぼろ》に聳《そび》え立つ火の見櫓を眺めていた。お俊が大番屋を後にしてから二刻（四時間）近く過ぎ去っている。

武州屋に駆けつけねばならぬ刻限が、刻々と迫っていた。お俊が大番屋へもどって来ぬということは、河水の藤右衛門が錬蔵の頼みを引き受けたという意味を持つ。

庭には、小者たちが大番屋のあちこちを駆けずり回って集めた古い材木や薪などがはやる気持ちをおさえて錬蔵は火の見櫓を見つめているのだった。

積み上げられてある。いつでも火をつけられる支度はできていた。

突然……。

半鐘が打ち鳴らされた。

錬蔵が、片手を上げて合図すると小者たちが油を染み込ませた布に火打ち石と鉄を打ち合わせて火をつけた。燃え上がる数枚の布を材木の山に押し込む。

乾ききっている木材が燃え上がった。

「火事だ」

「火事だぞ」

段取りどおりに小者たちがわめき立てた。

その声を背に錬蔵が表門の潜り口へ走った。

閂をはずし、外へ出て錬蔵がよばわった。

「大番屋の建家より火の手が上がりました。御歴々にはこのまま大番屋を包囲されているもよし、引き上げるもよし、それぞれの判断におまかせ申す。火を出した責任を大番屋支配のそれがしが責められるは必定。同時に、このまま引き上げねば御歴々が大番屋を取り囲まれた理由を評定所より問われるはあきらか。調べる目付によっては御歴々を罪に問うお方も出てくるはず。大身旗本の身分を失ってもよいとおもうお方は、このまま取り囲んでおられるがよい」

動揺が寄合組の面々に走った。顔を見合わせ、うなずきあっては立ち去る者も出始めた。

たちまちのうちに包囲の輪は崩れていった。

「村崎様、いかがなさる。深川大番屋の前に踏みとどまり、時においては咎められることも構わぬとの覚悟を決められるか」

迫った錬蔵に、

「小賢しき奴、覚えておけ」

歯嚙みして村崎吟治郎が吠えた。背を向けるや急ぎ足で遠ざかっていく。

見ると、纏《まとい》持ちを先頭に火消したちが万年橋を渡り大番屋に向かって走り寄って来る。

物見窓に向かって錬蔵が大声で告げた。

「開門。門を開けろ。火消しを迎え入れるのだ」

門扉が内側から左右に開かれた。

火消したちが表門から大番屋のなかへ走りこんでいく。

火消したちが積み上げられた木材などの炎を消していった。

年嵩の門番に、

「火の始末、しかと見届けよ」

と命じた錬蔵は騒ぎを聞きつけ、同心詰所から飛び出してきた松倉たちに命じた。

「血戦の場へ向かう。つづけ」

歩きだした錬蔵に溝口、小幡、少し遅れて松倉と八木が後を追った。

久永町の檜原屋の木置場の一隅で村崎貫八と憮然とした丹沢屋、檜原屋が向かい合っていた。

「突然、使いを寄越して、半ば強引にこんなところに連れて来るなんて、いったいどういう了見なんだい」

「急に呼び出して、あたしだって、色々と都合があるんだ。こんなことは二度と御免だよ」

丹沢屋と檜原屋がほとんど同時にがなり立てた。

皮肉な笑みを浮かべて村崎貫八がいった。

「今夜、武州屋に斬り込み、一挙に決着をつける。お千賀はじめ住み込みの奉公人たちが血まみれになって息絶えていくのをご両人にも見てもらいたいのだ。毒をくらわば皿まで、と、お二方のどちらかが口にしたのを覚えている。商人の戦は金が刀がわり、と何度も聞かされた。武州屋の身代が手に入る大儲けの話だ。高みの見物と、安全な場所に身を置くことなく、おれと一緒に武州屋を襲撃してはいかがかな」

「断るといったら」

丹沢屋が声高に問うた。

「無理にでも連れていくさ。何しろ、おれは命がかかっている。金儲けしあう仲間のお二方にも、命がけになってもらおうと考えたのだ」

凄みのある眼でふたりを見据えて村崎貫八がせせら笑った。

気圧され怯えた檜原屋と丹沢屋が顔を見合わせた。

ふたりにかまわず村崎が背後の闇に向かって声をかけた。

「出かけるぞ」

夜気が蠢《うごめ》き、暗闇のなかから武藤熊之助ら無頼浪人たちが湧き出るように姿を現した。

武州屋の裏口の木戸は固く閉じられていた。が、一昨夜と同じように肩車された浪人が木戸の柵にとりつき、身を持ち上げて乗り越えた。なかに飛び降り、木戸の閂をはずした。

浪人たちは、すべて強盗頭巾をかぶっている。後ろからついていく檜原屋も丹沢屋も強盗頭巾で顔を隠していた。

木置場からつづく武州屋の裏庭に達した強盗頭巾たちは七人一組に横に並んだ。三列になった強盗頭巾たちは足音を消そうともせず一気に店とつらなる住まいへ向かって走り出した。住まいの建家近くの低木の蔭に潜んでいたのか、着流しの強盗頭巾が躍り出て先頭の列のひとりを斬って捨てた。

が、二列目、三列目の無頼浪人たちが着流しの強盗頭巾を取り囲んだ。居合いの技で剣を振るっていたが、やがて相次いで斬りかかる浪人たちと斬り結ぶのが精一杯で、居合いを仕掛けるのも、ままならない様子にみえた。

ひとり居合いに倒れたものの一列目の残る六人は雨戸へ向かって突進していた。雨戸に斬りつける。二度、三度と大刀で切り刻むと雨戸が割れ砕け、あちこちに穴が穿《うが》たれた。

と、なかから雨戸を開けて、安次郎と前原が斬りかかった。強盗頭巾たちと激しく斬り結ぶ。安次郎も前原も多勢に無勢、着流しの強盗頭巾同様、斬り結んで住まいに踏み込ませないようにするのが精一杯の有り様となった。

「一気に斬り込め。皆殺しにするのだ」

大刀をふりかざし村崎貫八がわめいた。

と……。

「遅れたか。抜かるでないぞ」

木戸の方から声が上がり、大刀を抜きはなった錬蔵が走り込んできた。大刀を手にした溝口、小幡、松倉、八木とつづいた。

斬りかかってきた強盗頭巾を錬蔵が斬って捨てた。溝口が着流しの強盗頭巾と斬り合う一群に躍り込み、大上段から幹竹割《からたけわり》に斬って捨てた。

見やった安次郎が怒鳴った。

「着流しは味方ですぜ」

「承知」

声高く応えた溝口が左手の強盗頭巾に袈裟懸けに斬りかかった。鍔《つば》迫り合いとなった。躰を寄せた溝口が足払いをかけた。よろけた強盗頭巾に溝口が横薙ぎの一太刀をくれた。脇腹を斬られて強盗頭巾が地に伏した。

新たに溝口がくわわったことで着流しの強盗頭巾に余裕が生じた。刀を鞘に納めた着流しは間合いを詰め、斬りかかる相手を居合いで仕留めた。

松倉と八木は、ふたり一組、背中合わせとなって戦っていた。溝口や小幡に比べて剣の業前が劣る松倉と八木に錬蔵が教えた戦い方だった。背中を合わせることで後ろの敵に気配りせずに戦える。松倉と八木は斬って出ては相手と刃をまじえ、すぐさま背中合わせの構えにもどって斬り結んだ。

切っ先鋭く斬り込まれた小幡が後退りながら、石につまずいたか後方に倒れ込んだ。勢いづいた強盗頭巾の刃が小幡の脳天めがけて振り下ろされた。それを大刀が下から跳ね上げ、弾き飛ばした。あまりの太刀筋の強さにのけぞった強盗頭巾の腹に横から大刀が叩きつけられた。脇腹を切り裂かれ強盗頭巾が朱に染まって倒れ込んだ。

「小幡、未熟」

叱責した声は錬蔵のものであった。

立ち上がった小幡は声の方を見やった。錬蔵が襲いかかったひとりを片手斬りに倒したのがみえた。

すでに雨戸は外れて落ちていた。

踏み込んだ強盗頭巾たちがお千賀やお紋を背にかばった政吉に斬りかかった。度胸剣法で政吉がめったやたらに長脇差を振り回している。その長脇差を踏み込んだ強盗頭巾のひとりが叩き折った。

政吉が斬り倒されそうになったとき着流しが背後から強盗頭巾に斬りかかった。振り向き様に強盗頭巾が刀を振るった。着流しの強盗頭巾と政吉を斬ろうとしていた強盗頭巾の頭巾がともに切り裂かれてずり落ちた。

強盗頭巾の下の顔は、着流しは片桐源三郎のものであり、政吉に迫ったのは師範代の武藤熊之助であった。

「源三郎さん」

叫んだお千賀が駆け寄ろうとするのを、

「危ない」

と声を荒げて、お紋が懸命に押しとどめた。

ちらり、とお千賀に目線を投げて片桐が告げた。

「お千賀、いまのおれが、おまえにしてやれるのは、せいぜいこれくらいのことだ。しょせん用心棒しか勤まらぬ」

「源三郎さん」

「寄るな。真剣の勝負、命のやりとりだ」

大刀を鞘におさめながら片桐が間合いを詰めた。武藤熊之助が斬り込む。片桐が躍り込みざまに居合いの早業を炸裂させた。

腹を切り裂かれた武藤熊之助が前のめりに突っ伏した。

すでに錬蔵は数人を斬り捨てていた。強盗頭巾たちが組んだ横三列の陣形は、とうに崩れていた。錬蔵は右に走ったかとおもうと左手の敵を斬り、左へ向かったとみせかけて右手の敵を斬り倒した。

すでに強盗頭巾の半数以上は地に伏していた。

八双に構えた溝口が斬りかかり、ひとりを斬り伏せ、返す刀でさらにひとりを斬り倒した。

強盗頭巾をさらにひとり斬り捨てた小幡の大刀は血に赤く染まっていた。血の滴《したた》る大刀を小幡が振るうたびに血が飛び散り、斬り合う敵の顔や小袖を汚した。総髪撫付の髪が動くたびに揺れ、なびいた。

邪魔なのか、村崎貫八は強盗頭巾をかなぐり捨てた。

いまは武州屋の主人ともいうべきお千賀を狙って村崎貫八が近づいていく。

その行く手に片桐源三郎が立ち塞がった。

「お千賀はおれが守る」

「やせ浪人が、何をほざく」

刀の柄に片桐が手を置いた。必殺の居合いの構えであった。正眼に村崎が刀を置いた。

間合いを詰める。

ともに一気に間合いを詰めた。片桐の居合いの技が迸《はし》った。迫った切っ先を村崎貫八がはじいた。

はじかれた分、片桐源三郎が大刀を鞘に納めるのに時がかかった。わずかの間のずれだったが、手練の居合いを決めようと途中まで鞘走らせた片桐の胸元に村崎貫八の大刀が突き立っていた。

「馬鹿め、間をはずされた相手には居合い術は通用せぬ」

冷ややかに薄ら笑った村崎貫八が刀を引き抜いた。

止めを刺そうと村崎が身構えるのと、

「源三郎さん」

悲痛な叫び声を上げ、お紋の手を振り払ってお千賀が駆け寄るのが一緒だった。お千賀の動きが一瞬、目の端を掠めたか村崎貫八の動きが止まった。

止めを刺しきれなかった村崎貫八に斬りかかった男がいた。

紙一重の差で身を躱した村崎が体勢をととのえて正眼に構え直した。

「大滝錬蔵か。これ以上の邪魔立てはさせぬ」

「勝負は時の運。参る」

下段に構えた錬蔵が一歩、踏み出した。村崎も間合いを詰める。

たがいに踏み込んで大刀を激しくぶつけ合った。

飛び下がる。

が、後退ったとみせた錬蔵は、下段に刀を置いたまま一気に間合いを詰めていた。踏み込んで逆袈裟に刀を振り上げる。その刃は村崎貫八の脇腹から腋の下へと切り上げていた。返す刀で袈裟懸けに振り下ろす。

肩から胸へと斜めに切り裂かれた村崎貫八は刀の勢いに押されて膝をついた。

「鉄心夢想流につたわる秘剣〈霞《かすみ》十文字〉。これが、霞十文字の太刀筋か」

呻くように口走った村崎貫八が崩れるように倒れ込んだ。

見下ろして錬蔵が告げた。

「見立てどおりだ。鉄心夢想流につたわる秘剣〈霞十文字〉。此度は、見事、太刀筋を見極めたな」

村崎貫八の死を見届けたか強盗頭巾の一団が逃げだした。木の陰から走り出たふたりを追った八木と松倉が上段から斬って捨てた。

斬られた拍子にふたりの強盗頭巾がずり落ちた。駆け寄った安次郎が顔を見て、声高にいった。

「檜原屋だ。商人のようだが、もうひとりは誰だ」

その声に錬蔵は、おそらく丹沢屋、と胸中でつぶやいていた。

「源三郎さん、しっかりして」

呼びかけたお千賀に錬蔵は声の方を見やった。歩み寄る。

お紋が片桐源三郎に抱きすがるお千賀の傍らで茫然と立ち尽くしていた。

片桐源三郎が懐から袱紗包みを取りだした。包んだ袱紗をお千賀がめくる。おかめとひょっとこの絵馬が、袱紗のなかから現れた。お千賀を見つめて、片桐が苦しい息の下から喘ぐようにいった。

「この絵馬は、おれの宝物だ。おれと一緒に葬ってくれ。こころの夫婦の証を抱いて、おれは、旅立つ。貧しくてもいいとすがったおまえを、貧しさゆえ、幸せにする自信がおれにはなかった。意気地なしのおれを、許してくれ。お千賀、この絵馬は、おれの宝物。こころの妻が、絵馬のなかで生きて、いる。こころの妻が、いつも、そばに」

絵馬を片桐源三郎が強く握りしめた。その手をお千賀が握りしめた。

「お、千賀、す、ま、ぬ」

そこまでだった。片桐源三郎の躰から一気に力が抜けていった。

「源三郎さん、死んじゃいや、死なないで、源三郎さん」

人目もかまわず源三郎にすがってお千賀が泣いている。

「お千賀姐さん」

小声で呼びかけ、お千賀の肩に伸ばしかけたお紋の手を押さえる手があった。

見ると、錬蔵がお紋の手を握っていた。

「泣かせてやれ。おもいきり、泣かせてやれ。片桐源三郎をあの世へ送る、経文がわり。このまま、泣かせてやれ」

「旦那」

こらえきれずにお紋が袖で顔を覆った。歩み寄ろうとした安次郎や前原たちを錬蔵が手で制して、小さく首を横に振った。

その所作の意味を察したか安次郎が前原に何事かいい、背中を向けた。その動きにつられたか溝口が、小幡が、政吉が、八木や松倉までもが、片桐源三郎に抱きすがるお千賀に背中を向けた。

聞く者を哀しみに誘い込むような響きをともなったお千賀の泣き声が長く尾を引いて、やがて、嗚咽《おえつ》へとかわっていった。

木場のあちこちに新年を祝う松飾りが立てられている。縁起物の獅子舞が踊りながら貯木池沿いの道をすすんでいった。

誰が唄うか、いい声の木遣《きや》り節が風に乗って聞こえてくる。木置場の一角で、木場職人たちのはしご乗りが披露されていた。見物の人だかりのなかに錬蔵とお紋の姿がみえる。材木問屋の主人たちが居並ぶなかに武州屋と襟に白く文字が染め抜かれた半纏を着込んだお千賀が、番頭や手代を従えてはしご乗りを見つめている。

はしごに職人が身軽に駆け上っていく。

「由松、武州屋の面目にかけて、うまくやるんだよ」

大きな声でお千賀が呼びかけた。由松がはしごの先端に立ち上がり、お千賀たちに手を振ってみせた。一瞬、ぐらついた由松にお千賀の声がかかった。

「気ぃつけな。調子に乗りすぎだよ」

その声に応えるように、由松が片手で逆立ちをしてみせた。

武州屋の番頭や手代が、やんやの拍手喝采《かっさい》をして騒ぎ立てた。

屈託のない笑いを浮かべてお千賀が由松のはしご乗りの曲芸を眺めている。

その様子を見やって錬蔵がお紋に話しかけた。

「みごとなまでの女主人ぶりだ。お千賀は、もう大丈夫。深川女の気風と意気地で、武州屋をお腹の子に引き継ぐまで、立派に暖簾を守りぬくだろうよ」

「そうなるよう八幡宮さまに願掛けしなきゃ。旦那、つきあってくれるね」

「何にも事件が起きなきゃ、いいがな」

「起きないさ。あたしが起きないように念じてる」

微笑みかけたお紋に、おもわず笑みを返した錬蔵が照れたのか、そっぽを向いて、さっさと歩きだした。

「旦那、どこに行くんだよ。はしご乗りは、まだ終わっちゃいないよう」

声をかけながらお紋が後を追っていく。そんなお紋を、足を止めて振り返った錬蔵が微笑んで見やっている。

【参考文献】

『江戸生活事典』三田村鳶魚著　稲垣史生編　青蛙房
『時代風俗考証事典』林美一著　河出書房新社
『江戸町方の制度』石井良助編集　人物往来社
『図録　近世武士生活史入門事典』武士生活研究会編　柏書房
『図録　都市生活史事典』原田伴彦・芳賀登・森谷尅久・熊倉功夫編　柏書房
『復元　江戸生活図鑑』笹間良彦著　柏書房
『絵で見る時代考証百科』名和弓雄著　新人物往来社
『時代考証事典』稲垣史生著　新人物往来社
『考証　江戸事典』南条範夫・村雨退二郎編　新人物往来社
『新編　江戸名所図会　〜上・中・下〜』鈴木棠三・朝倉治彦校註　角川書店
『武芸流派大事典』綿谷雪・山田忠史編　東京コピイ出版部
『図説　江戸町奉行所事典』笹間良彦著　柏書房
『江戸町づくし稿―上・中・下・別巻―』岸井良衛　青蛙房
『江戸岡場所遊女百姿』花咲一男著　三樹書房

『江戸の盛り場』海野弘著　青土社
『天明五年　天明江戸図』人文社

吉田雄亮著作リスト

修羅裁き	裏火盗罪科帖	光文社文庫	平14・10
夜叉裁き	裏火盗罪科帖㈡	光文社文庫	平15・5
繚乱《りょうらん》断《だ》ち	仙石隼人探察行	双葉文庫	平15・9
龍神裁き	裏火盗罪科帖㈢	光文社文庫	平16・1
鬼道裁き	裏火盗罪科帖㈣	光文社文庫	平16・9
花魁《おいらん》殺《さつ》	投込寺闇供養	祥伝社文庫	平17・2
閻魔《えんま》裁き	裏火盗罪科帖㈤	光文社文庫	平17・6
弁天《べんてん》殺《さつ》	投込寺闇供養㈡	祥伝社文庫	平17・9
観音裁き	裏火盗罪科帖㈥	光文社文庫	平18・6
黄金小町	聞き耳幻八浮世鏡	双葉文庫	平18・11
火怨裁き	裏火盗罪科帖㈦	光文社文庫	平19・4
傾城《けいせい》番附《ばんづけ》	聞き耳幻八浮世鏡	双葉文庫	平19・11
深川鞘《さや》番所		祥伝社文庫	平20・3

転生《てんしょう》裁き　裏火盗罪科帖(八)　光文社文庫　平20・6
放浪悲剣　聞き耳幻八浮世鏡　双葉文庫　平20・8
恋慕舟　深川鞘番所②　祥伝社文庫　平20・9
陽炎《かげろう》裁き　裏火盗罪科帖(九)　光文社文庫　平20・11
紅燈川　深川鞘番所③　祥伝社文庫　平20・12
遊里ノ戦　新宿武士道(1)　二見時代小説文庫　平21・5
化粧《けわい》堀　深川鞘番所④　祥伝社文庫　平21・6
夢幻《むげん》裁き　裏火盗罪科帖(十)　光文社文庫　平21・10
浮寝岸　深川鞘番所⑤　祥伝社文庫　平21・12
逢初《あいぞめ》橋　深川鞘番所⑥　祥伝社文庫　平22・3
縁切柳　深川鞘番所⑦　祥伝社文庫　平22・7
蛇骨の剣　草同心闇改メ　徳間文庫　平22・11
涙絵馬　深川鞘番所⑧　祥伝社文庫　平22・12

一〇〇字書評

涙絵馬

切り取り線

購買動機（新聞、雑誌名を記入するか、あるいは○をつけてください）

□（　　　　　　　　　　　　　　）の広告を見て
□（　　　　　　　　　　　　　　）の書評を見て
□ 知人のすすめで　　□ タイトルに惹かれて
□ カバーが良かったから　　□ 内容が面白そうだから
□ 好きな作家だから　　□ 好きな分野の本だから

・最近、最も感銘を受けた作品名をお書き下さい

・あなたのお好きな作家名をお書き下さい

・その他、ご要望がありましたらお書き下さい

住所	〒				
氏名		職業		年齢	
Eメール	※携帯には配信できません	新刊情報等のメール配信を 希望する・しない			

この本の感想を、編集部までお寄せいただけたらありがたく存じます。今後の企画の参考にさせていただきます。Eメールでも結構です。

いただいた「一〇〇字書評」は、新聞・雑誌等に紹介させていただくことがあります。その場合はお礼として特製図書カードを差し上げます。

前ページの原稿用紙に書評をお書きの上、切り取り、左記までお送り下さい。宛先の住所は不要です。

なお、ご記入いただいたお名前、ご住所等は、書評紹介の事前了解、謝礼のお届けのためだけに利用し、そのほかの目的のために利用することはありません。

〒一〇一-八七〇一
祥伝社文庫編集長　加藤　淳
電話　〇三（三二六五）二〇八〇
bunko@shodensha.co.jp

祥伝社ホームページの「ブックレビュー」からも、書き込めます。
http://www.shodensha.co.jp/bookreview/

上質のエンターテインメントを！ 珠玉のエスプリを！

祥伝社文庫は創刊十五周年を迎える二〇〇〇年を機に、ここに新たな宣言をいたします。いつの世にも変わらない価値観、つまり「豊かな心」「深い知恵」「大きな楽しみ」に満ちた作品を厳選し、次代を拓く書下ろし作品を大胆に起用し、読者の皆様の心に響く文庫を目指します。どうぞご意見、ご希望を編集部までお寄せくださるよう、お願いいたします。

二〇〇〇年一月一日 祥伝社文庫編集部

祥伝社文庫

涙《なみだ》絵《え》馬《ま》 深《ふか》川《がわ》鞘《さや》番《ばん》所《しょ》

平成二十二年十二月二十日 初版第一刷発行

著者 吉《よし》田《だ》雄亮《ゆうすけ》

発行者 竹内和芳

発行所 祥伝社

東京都千代田区神田神保町三－八－五

九段尚学ビル 〒一〇一－八七〇一

電話 〇三（三二六五）二〇八一（販売部）

電話 〇三（三二六五）二〇八〇（編集部）

電話 〇三（三二六五）三六二二（業務部）

http://www.shodensha.co.jp/

印刷所 堀内印刷

製本所 積信堂

カバーフォーマットデザイン 中原達治

Printed in Japan ©2010, Yūsuke Yoshida ISBN978-4-396-33633-2 C0193

祥伝社文庫の好評既刊

吉田雄亮　花魁殺《おいらんさつ》　投込寺闇供養

源氏天流の使い手・右近が女郎を生贄《いけにえ》にして密貿易を謀る巨悪に切り込む、迫力の時代小説。

吉田雄亮　弁天殺　投込寺闇供養【二】

吉原に売られた娘三人と女衒《ぜげん》が殺され、浄閑寺に投げ込まれる。吉原に遺恨を持つ赤鬼の金造の報復か？

吉田雄亮　深川鞘番所

江戸の無法地帯深川に凄い与力がやって来た！　弱者と正義の味方——大滝錬蔵が悪を斬る！

吉田雄亮　恋慕舟《れんぼぶね》　深川鞘番所②

巷を騒がす盗賊夜鴉とは……。芽生える恋、冴え渡る剣！　鉄心夢想流が悪を絶つシリーズ第二弾。

吉田雄亮　紅燈川《こうとうがわ》　深川鞘番所③

深川の掟を破る凶賊現わる！　蛇の道は蛇。大滝錬蔵のとった手は……。〝霞十文字〟が唸るシリーズ第三弾！

吉田雄亮　化粧堀《けわいぼり》　深川鞘番所④

悪の巣窟・深川を震撼させる旗本一党の悪逆非道を断て!!　与力・大滝錬蔵が大活躍！

祥伝社文庫　今月の新刊

平　安寿子
こっちへお入り
涙と笑いで贈る、アラサー女子の青春落語成長物語。

篠田真由美
龍の黙示録　魔道師と邪神の街　魔都トリノ
不可視の赤い網に覆われた街で、龍緋比古に最大の試練が！

小森健太朗
マヤ終末予言「夢見」の密室
2012年、世界は終末を迎える！　究極の密室推理。

橘　真児
恥じらいノスタルジー
変わらない街で再会した〝忘れえぬ〟女たちよ――。

豊田行二
野望街道　新装版
すべてを喰らい尽くして出世の道をつき進む！

安達　瑶
消された過去　悪漢《わる》刑事《デカ》
人気絶頂の若手代議士が、ワルデカを弾劾する理由は？

佐伯泰英
切羽《せっぱ》　密命・潰し合い中山道〈巻之二十四〉
極限状態で師弟が見出す光明。緊迫のシリーズ第二十四弾！

吉田雄亮
涙絵馬　深川鞘番所
絵馬に秘めた男と女の契り…。不貞の証か、真実の恋の形見か？

岡本さとる
取次屋栄《えい》三《ざ》
デビュー作にして「笑える、泣ける！」大型新人作家登場。

早見　俊
三日月検校《けんぎょう》　蔵宿師善次郎
絶大な権力を握る〝検校〟の知られざる過去を暴け！